契約結婚のはずが侯爵様との閨が官能的すぎて困ります

当麻咲来

Illustration
鈴ノ助

gabriella books

契約結婚のはずが侯爵様との閨が官能的すぎて困ります

c o n t e n t s

プロローグ

「絶対に、口説き落としてやるんだから！　いざとなったら色仕掛けをしてでも……」

華やかなパーティ会場で、真剣な表情で、そうぶつぶつと呟《つぶや》いているのは、ソラテス王国サザーランド伯爵令嬢であるジェニファーだ。

彼女は艶のあるストレートの黒髪に涼やかな緑色の目をした、凛《りん》とした美人である。だが実際の恋愛経験は皆無で、色恋沙汰にはまったく興味がなく今まで生きてきた。

そんな彼女は今、着慣れないパーティ用の美しいドレスを身に纏《まと》い、人々が笑いさざめく祝宴の会場で、標的を見つめている。残念ながらそれは、妙齢の女性が意中の男性に声を掛けようとして、ドキドキときめいているというよりは、獲物を狙う肉食獣のそれにしか見えないのだが。

（今日の私の目的は、ゼファーラス皇国に連れて行ってくれる夫を探すこと……）

王宮で侍女を務めているジェニファーの主人は第一王女クローディアである。可憐《かれん》で聡明《そうめい》なクローディアは、ジェニファーが一生をかけて仕えようと心に決めた主人だ。

そしてこの度、そのクローディアとゼファーラス皇国皇太子アイザックとの婚約が成立した。

一年後にはクローディアはゼファーラスに嫁ぎ、将来的にはゼファーラスの皇后となる予定だ。当然忠誠心の厚いジェニファーが取り得る選択など一つきりだった。

『絶対に、クローディア様に付いてゼファーラスに行きますから！』

クローディアの結婚話を聞いたジェニファーは、即座にそう宣言した。だが未婚の女性は国外に出るには父親の許可がいる。だが赤鷲騎士団長《あかわしきしだんちょう》をしているジェニファーの父ジェームスに、その計画を真正面から反対されてしまったのだ。そして保守的なソラテス王国では、例外は認められない。

ジェニファーは娘の夢をあっさりと潰そうとする父の横暴さを思い出し、憤懣《ふんまん》やるかたない感情を込めて息を吐き出す。そしてぎゅっと拳を硬く握った。

（……でも大丈夫。たとえお父様に反対されたって、私がゼファーラスに行くことを許してくれる夫と結婚すれば良いだけ……）

そういうわけで、ジェニファーは自分と結婚してくれて、彼女をゼファーラス皇国に連れていってくれる男性を、切実に求めているのだ。そして恋愛に幻想を抱いていないジェニファーにとっては、その目的さえ果たしてくれるのであれば、相手は畑に立っている案山子《かかし》だっていいと思っている。

（私が狙いを定めたターゲットは、あの人）

ジェニファーが真っ直ぐ見つめている視線の先にいるのは、銀髪に青い瞳。眼鏡を掛けた理知的で端整な容姿を持った青年だ。

「レイ・ブラック。ゼファーラス皇国の侯爵家当主。クローディア様の夫となるゼファーラス皇太子が皇帝になった時、宰相になるだろうと言われている有能な男性……」

情報通な同僚であるナンシーに、『ゼファーラス貴族で結婚相手を選ぶなら誰がいいか』と相談したところ、彼女が一番いいと推していたのが彼だったから、標的に定めた。

(たしかに『わが伯爵家に劣らない家門の人間を』と言っていたお父様からしても、文句の言いようがない良家の当主だし、アイザック殿下の側近中の側近。そして彼自身が『殿下にとって有益な女性と結婚する』と言っていて、現在交際中の女性がいないなんて条件、最高じゃない！　あとは頑張って、アイザック殿下のためにも私の存在が役立つと、しっかりアピールしたらいい)

名門騎士団の男性騎士に負けない剣術の腕を持つジェニファーは、度胸と気迫には自信がある。そして竹を割ったような気質の彼女の作戦は至ってシンプルだ。

「よし、行こう。当たって砕けろ、よ」

(絶対に、ゼファーラスに連れて行ってもらうんだから。信じて待っていてくださいね、クローディア様！)

ジェニファーは鼻息荒く、レイ・ブラック侯爵のいる方に近づいていく。

第一章　まずは結婚相手を捕まえなければなりません

ジェニファーが気合いを入れて参加したパーティから遡ること一ヶ月前。

その日ジェニファーは、日課となっている赤鷲騎士団の練習に参加した。

「鼻っ柱の強い新人騎士の、柱の折り役はいい加減勘弁してもらいたいんだけど……」

今日は腕試しとして新人騎士の相手を務め、それを見事に討ち取った。

（名門『赤鷲騎士団』の正騎士に若くして選ばれたくらいだから、かなりできる子だったけど）

『まだまだ練習が足りない』

あっさりと新人騎士の剣を取り落とさせて、そうジェニファーが言い捨てると、新人騎士は女性に負けたと、かなりのショックを受けていたようだ。

（やっぱり私、騎士になりたかったな。前例がないと言って、お父様にあっさり却下されたの、未《いま》だに納得いってないわ……）

などと恨み言を呟きながらも、王宮の馬場に馬を預かってもらい、ジェニファーは勤務先である王女宮の自分の部屋に戻った。

乗馬服からドレスに着替えると、帰還の挨拶をするために、クローディアの元に向かう。するとなにやら王女の部屋の周りが妙にざわついていることに気づいた。

（今朝クローディア様は、国王陛下と朝食を共にされる予定って言っていらしたけど……）

そこで何かあったのだろうか。心配しつつも、急いでクローディアのいるティールームへ向かい、入り口で声をかけて入室する。

（……やっぱり何かあったんだ。よりによって私が半日休暇をいただいている間に……）

侍女達の雰囲気が完全におかしい。ジェニファーは顔を引き締めて、侍女用のドレス姿のまま、まるで乗馬服を着ていた時のようにキビキビと歩いて、彼女の主人であるクローディアの前に立った。

「クローディア様、休暇をありがとうございます。ジェニファー、ただいま戻りました」

騎士のように跪《ひざまず》くのではなく、ソファーに腰かけるクローディアの前で膝を折り、帰還の挨拶をする。第一王女であるジェニファーの主はいつも通り柔らかい表情で微笑《ほほえ》んでみせた。

お気に入りの侍女を見る王女の瞳は温かな春の新緑色だ。長い睫毛《まつげ》に薔薇色《ばらいろ》の頬《ほお》。艶《つや》やかなストロベリー色の唇。ふわふわと波打つ豊かな金色の髪を揺らして、まるでお人形を大人にしたような愛らしくて可愛《かわい》らしい姫君だ。

「おかえりなさい。ジェニファー。ちょうどよかったわ。貴女《あなた》にも関係する大切な話があるの……」

そう彼女が言うと、周りの侍女達はくすくすと、なんだか上気した笑みを零《こぼ》していた。

（よかった。少なくとも悪いお話ではなさそう……）

その様子に少しホッとする。だが彼女の最愛の主人は、柔らかい微笑みを浮かべていても、頬にはかすかなこわばりが見えた。それなりの緊張感が必要な話らしい。

「私、来年に嫁ぐことになりました」

今朝は紅茶を飲みました、ぐらいの自然な感じで、クローディアはお気に入りの侍女であるジェニファーに最重要な案件を伝えてきた。

「――え？」

パチパチとジェニファーは瞬《まばた》きをする。一瞬の後に言葉の意味を理解して、驚いて立ち上がってしまった。

「こ、輿入《こしい》れが決まられたということですか？　あの……どちらに？」

思わず声が裏返ってしまった。息を吸って近寄ってしまった距離を慌てて適正なものに戻す。

「びっくりさせてごめんなさい。今朝国王陛下よりお話がありましたの。隣国ゼファーラス皇国皇太子アイザック殿下との縁談ですって」

どこか他人事のように話しているが、それはクローディアと彼女に仕える者達にとってはとても重要な話である。

「アイザック殿下と言えば、有能な上に容姿端麗で有名ですわね。……しかも我が国の隣にある友好国との間で、皇太子とのご縁談ですから、とても素晴らしいお話ですわ」

既に話を知っていたらしい侍女達はぱっと華やかな顔をして両手を叩《たた》いて笑顔になった。その声にジェニファーも頷《うなず》く。

（たしかに関係の悪くない隣国の皇太子の元に輿入れされるのであれば……クローディア様にとっても良縁だわ……）

アイザックは確か今年三十になるはずだ。穏やかな気性と明晰《めいせき》な頭脳。周辺からの評判も良いし、兄弟との関係も良く、皇位継承に関しても大きな問題が生じる余地はなかったはずだ。きっと愛娘《まなむすめ》であるクローディアにとって一番良い選択を国王がした結果の縁談話だろう。

「クローディア様、おめでとうございます」

一つ息を吸って、冷静になったジェニファーは改めてお祝いの言葉と共に笑顔を見せた。するとクローディアがそっと彼女の手を取り、立ち上がるように促した。

「……ありがとう。でも……寂しくなるわ」

じっと見上げたその目がかすかに潤んでいるのと、『寂しくなる』というセリフを聞いて、ようやく彼女の主人が何を案じているのか把握できた。

「クローディア様、まさか私を連れて行かないなんてこと、考えていらっしゃいませんよね。ぜひ、私をゼファーラス皇国に連れて行ってくださいませ。私はクローディア様が行かれるところなら、どこにでも付いて参ります」

ジェニファーがにっこりと微笑んで言うと、クローディアは潤んだ目を大きく見開いた。

「ジェニファー、本当？」

ホッとしたからだろうか、ジェニファーに触れているクローディアの手がかすかに震えているのに気づいて、改めて主の顔を見つめ返した。いつも通りの表情で、外から見れば普段の彼女と変わった様子は一切伝わってこない。けれどまだ十八歳になったばかりの姫君だ。手が震えるほど動揺していたのかもしれない。

（いつかは……と覚悟はしていたかもしれない。でも突然隣国に嫁ぐことが決まって、戸惑っていらっしゃって当然だわ……）

大切に育てられた生粋の箱入り姫君が、生まれ故郷を離れてまったく知らない夫の元に旅立つのだ。もちろんクローディアはソラテス王国の第一王女としてきちんと教育も受けているし、王族としての責務も義務も十分に理解しているだろう。それでも不安や恐れがあっておかしくない。だったら側近として今できることは不安を共有し、その細い肩に乗る責務を共に背負うことだろう。

「ご安心ください。それに私だって、クローディア様のいない王宮なんて何の魅力も感じませんから」

口にしてみたら、全部本当だと納得してしまって、思わずうんうん、と頷きながら答えると、彼女はホッとしたようにゆっくりとソファーに座り込む。

「ほんとう⁇　でも……」

彼女が上目使いにジェニファーを見上げる。

「独身のジェニファーはご両親の了承を得ないと、ゼファーラスには付いてこられないでしょう……。けれど赤鷲騎士団長は、ジェニファーが私についてくることを許してくださるかしら……」

その言葉にジェニファーはハッと表情を変える。ああ見えても、父は娘である彼女を溺愛している。

だからこそ騎士団に所属させずに、王宮に勤めさせて自分が厳選した以外の下手な縁談は、全部蹴散らしているくらいだ。まあその縁談もジェニファーが全部断っているのだが。

（あぁ面倒くさい。クローディア様の心配は見当違いじゃない辺りが特に……）

とたんに不安になってしまったジェニファーだが、二歳年下の大切な主君が不安そうに見つめているのに気づくと、笑顔で胸を張り、力強くドンと拳で胸を叩く。

「ご安心ください。父からもきちんと許可をとって参りますので！」

ジェニファーの言葉に、クローディアはホッとしたような顔をしつつも、眉を下げて困ったような笑顔を見せた。

「あの……無理はしないでね。もちろんジェニファーが一緒に来てくれたらすごく心強いけど、尊敬しているお父上と仲違《なかたが》いをしないようにね……」

侍女の心まで気遣ってくれる優しい主人のうるうると潤んでいる瞳を見ると、ジェニファーはクローディアの愛らしさに胸が打《う》ち貫《ぬ》かれるようだ。

（はぁ、絶対に、どんなことをしても付いていく！　一生お仕えさせてください！）

うちの姫様、最高に可愛い！　などと暑苦しく心の中で忠誠を誓っていると、クローディアはいつも通り柔らかく微笑んで言葉を続けた。

「そうね……ジェニファー。今日は午前だけお休みの希望が出ていたけれど、明日までお休みを延長しましょう。一度自宅に戻ってご家族といろいろ話してきた方がいいわ」

侍女への気遣いまで完璧なクローディアのおかげで、ジェニファーは休暇を延長してもらい、実家であるサザーランド邸に戻り、直接両親と話し合うことにしたのだった。

＊＊＊

久しぶりに実家で夕食を食べると伝えると、父は残業せずにいそいそと屋敷に戻ってきた。サザーランド家は第一子であるジェニファーを筆頭に、三男四女の兄弟姉妹がいる。さらに今年の秋にはもう一人子供が生まれる予定だ。賑《にぎ》やかに家族全員で、笑顔の家族団らんの夕食を終える。その後ジェニファーは家族しか入らない居間に両親と三人きりにしてもらい、早速、クローディア王女の縁談についての話をした。

「そう、あのクローディア様がご結婚とはねえ……」

母は感慨深そうだが、ジェニファーは一刻も早く父から許可をもらいたい一心で、両親を前にそのままの勢いで、宣言した。

「そういうことで、私、クローディア様と共に、ゼファーラスに行きます！」

だが瞬間、父親が飲んでいたワイングラスを、ガンと音がするほど激しく机に叩きつけた。

「ダメだ！　絶対に、許さん！」

赤ワインが飛び散って、母が慌てて辺りを拭いている。サザーランド家は伯爵家ではあるが、父の仕事柄、内密な話をする時にはメイドなどを部屋に入れさせない。そんな場合、片付けをするのは母ぐらいしかいないのだ。

「お父様が許さなくても、私は絶対に、クローディア様に付いていきます！」

「いーや。独身のお前は、父の許可がない限り国外には出られん。それがソラテス王国の法律だ。無理を通せばクローディア様のご迷惑になる！」

言い切られて、ジェニファーは理解のない父親の言動にイラッとしてしまった。

「じゃあ、私が結婚すればいいんでしょう？　その場合、国外に移動するかどうかの許可は、夫が出せるんですから！」

まだまだ女性の立場が低いこの国では、女性は一人で自分の人生を決めることもできない。その苛《いら》立《だ》ちも込めてそう声を荒らげると、父はイヤ～な顔をした。

「ようやく……結婚する気になったのは良いが、相手は誰でも良いというわけではないぞ。サザーランドの家に恥じない、それなりの家柄の、それなりの相手でないと認めないからな！　適当な相手と結婚して夫の許可を取ったからとクローディア様に付いていく、みたいな安直な結婚は、もっと認めないからな！」

売り言葉に買い言葉とばかりに言い返してきた父に、ジェニファーは動揺する。

（た、確かにそういう方法もあるって、ちょっと考えなくもなかったけれど……）

浅い目論見《もくろみ》がバレていたことをごまかすように、ジェニファーも、父の声に負けないほど大きな声で言い返す。

「わっかりました！　最低でも伯爵家以上の家柄の人間と結婚しましょう。『それなりの家柄』の男性であれば、絶対に結婚を認めてくださいね！」

はぁはぁと感情が激高して荒い息をつきながらも、二人がにらみ合っていると、おっとりと母が間に入ってくる。

「そうね〜。このくらいの勢いがないと、貴女の結婚話は決まらないかも知れないわね。……まあがんばりなさい。貴女が結婚する気になってくれただけでも良かったわ」

ふんわりと母親に言われてジェニファーと父ジェームスは激昂《げきこう》していたのが腰抜け状態になり、なんとなく顔を見合わせて、そのまま席に着いた。

「とりあえず、お茶でも出しましょうか」

母は笑顔で言うと、夫と娘に美味《おい》しいお茶を淹《い》れてくれたのだった。

＊＊＊

あれから一ヶ月。ゼファーラス皇国よりアイザック皇太子が、ソラテス王国第一王女であるクローディアとの婚約の契約書を交わすために王国にやってきていた。そしてその婚約を祝う祝賀会にジェニファーは出席している。

「で、どうなったんだ？　結婚して夫の許可をもらってゼファーラスに行くって、騎士団長に人見得《おおみえ》を切ったって聞いたぞ」

今日は侍女としてではなく、サザーランド伯爵令嬢として結婚相手を物色しにやってきた。だが鬼の赤鷲騎士団長の娘に近づいてくるのは幼馴染《おさななじ》みの騎士くらいのものだ。

「うるさいわね。……具体的に進んでいたら、とっくにエスコートしてもらっているわよ！」

ムッとして言い返すと、彼は面白そうにニヤニヤと笑った。

「だろうなあ。ゼファーラスに一緒にいってくれるか、単身で妻が行くことを認めてくれる伯爵位以上の家柄の男なんてまずいないだろうからな」

売り言葉に買い言葉で啖呵《たんか》は切ったものの、父が出してきたのは相当の難題であったことに途中で気づいた。ジェニファーの視線は、自然とゼファーラス皇国の皇太子アイザックと会話しているクローディアに向いている。

（まあ、皇太子は見目麗しいし、クローディア様と並んでも見劣りしない。ちょっと優男風なのが気になるけれど、多分クローディア様の好みではありそう……）

二人が話している様子を見れば、クローディアは当初より不安そうな顔をしなくなっていたし、アイザックも物腰が柔らかく、穏やかな微笑みを未来の妻に向けている。それを見れば、婚約者に対して好意を持っているように見えた。

（まあ、うちのクローディア様はめちゃくちゃ愛《あい》らしいからね。あんな品が良くて可愛くて、その上性格まで美人な姫が妻になるってなったら、あっという間に骨抜きになるのも当然ってものよ！　うちの姫様と結婚できることを感謝して、皇太子は一生クローディア様に心からお仕えすることね！）

そう心の中で主人愛を叫んでいたら、横の男に茶々を入れられる。

「諦めろよ。そんなのゼファーラスの男を探した方が早いくらいだが、さすがに無茶《むちゃ》だろ？」

からかうような幼馴染みの言葉に、刹那、頭に雷が直撃したような気持ちになった。

「それだ！」

現時点で何人かクローディアについていく予定の側近のメンバーを確認したが、そもそも独身男性が皆無なので、相手探しが難航していたけれど。

（そう、お父様は爵位についてあれこれ言っていたけれど、どこの国の人とは言ってなかったものね）

つまり、ゼファーラス皇国の人間で、伯爵以上の爵位を持つ、ジェニファーを受け入れてくれる男性を探せば良いのだ。正に今、婚姻に関する話し合いを行うためやってきたゼファーラスの人間が多数、このパーティにも参加しているはずだ。そしてまだ若いアイザック皇太子の側近は、独身の男性も少なくない。

「いい助言ありがとう。ちょっと私、ナンシーのところに行ってくるから！」

「え？」

呆気《あっけ》にとられた顔をしている幼馴染みをその場において、ジェニファーは情報通と有名な侍女仲間のところに向かう。

「ナンシー。私に協力してよ。いろいろ情報を教えてもらいたいんだけど」

彼女は夫と離別した独身女性で、しかも実母がゼファーラス出身のため、今回母と幼い子供を連れて、クローディアについて行くと既に表明済みだ。当然彼女ならゼファーラスの貴族にも詳しいし、アイザック皇太子の側近については、彼女の性格なら確実に情報を収集しているだろう。

「どうしたの？　例の条件はクリアできそう？」

ぜひともクローディアに付いていきたいジェニファーは、父との話し合いの結果も主人に伝えている。その話を横で聞いていたナンシーにわくわくとした顔で聞かれて、あえてジェニファーは眉を下げて泣き言を言ってみた。

「それがさ～条件が厳しすぎて、全然ダメなのよ。それでね、いっそゼファーラスの独身男性貴族を狙う方が、話が早いんじゃないかって思って。だからナンシーにオススメの男性貴族を教えてもらおうと考えたの」

ぶっちゃけて話をすると、彼女は賢そうな顔をにんまりと緩めて、ふむと頷いた。

「そうねえ……。当然、ゼファーラスの独身貴族だったら誰でもいいわけじゃないわよね。アイザック皇太子とかなり近しい関係の側近が理想なんじゃないかなって思うんだけど」

彼女の言葉にジェニファーは深く頷く。確かに今皇太子の傍《そば》にいても、例えば領地運営のために将来的に領地に引きこもってしまうような相手では、クローディアの傍に仕えることに問題が生じるかもしれない。理想としては、皇太子から離れることのない側近中の側近を選びたい。

「今回連れてきているアイザック皇太子殿下の最も近しい側近の中で、まだ結婚が決まっていないのは、三人。できたらその三人の中で口説ける人がいれば理想的だと思うけど……」

そう言うと彼女は指を三本立てた。

「一人目が今アイザック皇太子殿下の後ろで、護衛についているルフト子爵。あの黒髪の人ね。ただ、爵位が子爵なので騎士団長のお気に召すかどうかはわからないわね」

武人であることは、父のお眼鏡に適《かな》うかもしれない。だが爵位が下がるとなると、問答無用に却下される可能性もある。ジェニファーはナンシーの言葉に頷いた。

「確かに」

「それから、向こうで話をしている金髪の人」

扇の内側から指差した方向を見ると、にこやかにソラテス王国の文官と話している男性がいた。

「スターシス伯爵。あの方は外交を得意にしている文官。仕事柄ソラテス王国とも関係が深いし、爵位もバランスがいいから条件的にはぴったりなんだけど……」

ナンシーの言葉に頷きつつ、流れからいって何か問題があるのだろうな、と彼女の続きの言葉を待った。

「長いこと付き合っている恋人がいるらしいの。ジェニファーが口説き落とすのはちょっと大変でしょうね」

すごい……。既にそこまでの情報を手に入れているのか。感嘆と尊敬の眼差《まなざ》しでナンシーの顔を見つめてしまう。

「さすが……ナンシー、最高！」

思わず誉《ほ》め称《たた》えると、彼女も気分は悪くないようでにっこりと微笑み返す。

「そして一番のオススメが、アイザック殿下のすぐ隣にいる男性」

指し示したのは、銀髪に眼鏡、青い瞳。理知的な容姿を持った男性のことらしい。今までアイザックとクローディアばかりを見ていたため、あまり目に入ってこなかった。

改めて示された男性をじっくり見てみると、婚約者達が楽しげに会話しているすぐ傍で、如才ない様子で笑顔を浮かべ、会話に加わっている。だがその目は騎士とは違う視点で二人の関係をじっと窺《うかが》っているようにも思えた。

「あの方はブラック侯爵。アイザック殿下の懐刀と言われている頭脳明晰な人物よ。将来の宰相の座に最も近い男性と言われていて、確実にこれからのアイザック殿下を支えていく、側近中の最側近。皇太子から離れることはないと言えるわ」

話を聞きながら、ジェニファーは冷静に彼を観察する。見た目は美しいのだけれど、血肉をもった人間らしからぬ、鉱物とか金属のような硬質で冷たい雰囲気のある人だと彼女は思った。

「つまり一生アイザック殿下と皇宮から離れないだろう人物ってこと？」

じーっと穴が開くほどブラック侯爵を見てからナンシーに尋ねると、彼女はこくりと頷いた。

「ええ。個人的にもアイザック殿下の親友とも呼べるような立場の方らしいわ。そして今のところ、女性の影は皆無。それどころか、普段から『アイザック殿下にとって一番有益な女性と結婚する』と公言してはばからないみたい」

侯爵で、アイザックの側近中の側近。そして『アイザック殿下にとって有益な女性と結婚する』と言っている、現在交際中の女性がいない男性。

（それ、私の条件にぴったり！）

思わずテンションが上がり、一歩そちらに近づこうとする。

「あ、でもね。最難関だからね。ゼファーラス皇国社交界で、アイザック殿下に次いで、手に入れたい男ランキング二位の男だからね。そうそう簡単に口説き落とせるような人じゃないのよ！」

「絶対に、口説き落としてやるんだから！　いざとなったら色仕掛けをしてでも……」

後ろから小声で言うナンシーの声は、猪突猛進《ちょとつもうしん》状態のジェニファーには聞こえていない。

「よし、行こう。当たって砕けろ、よ」

彼女は獲物を見つけた肉食獣のように、ただひたすらブラック侯爵を目標に定めて、躊躇《ためら》うことなく近づいて行く。

「あら、ジェニファー」

すると一足先に彼女に気づいたクローディアが声をかけてきてくれた。

（クローディア様、私、その男を絶対に手に入れたいんです！）

気迫のこもった目で挨拶しつつも、次の瞬間ブラック侯爵を見ると、察しの良いクローディアはかすかに目を見開き、次の瞬間、いつも通りおっとりとした笑みを浮かべた。

「アイザック殿下。ブラック侯爵。紹介させていただいてよろしいかしら。私の大切な侍女、ジェニファー・サザーランド伯爵令嬢です」

にっこりと笑って、近づいて来たジェニファーをクローディアは会話の輪に入れるように招いた。

「はじめまして。貴女がジェニファーか。クローディアから話は聞いているよ」

侍女にまで気さくに挨拶してくれるアイザックは、噂《うわさ》に違わぬ偉ぶったところのない人柄のように見えた。すると続いてターゲットのブラック侯爵が笑顔で挨拶をする。

「はじめまして、私はレイ・ブラックと申します。サザーランドと言えば、ソラテス国王陛下を単身で襲撃者から守ったという赤鷲騎士団長ジェームス・サザーランド伯爵のご令嬢ですか？」

英雄的な活躍をした父のお陰で、どうやら怪しまれずにはすんだらしい。

「父のことを存じ上げてくださったんですね。ありがとうございます。父の忠義はひたすら国王陛下に向かっておりますが、私の唯一無二の忠誠は、クローディア様に向いております」

にっこり笑って答えると、クローディアは愛らしい笑顔を浮かべて、将来の夫に話しかけた。

「ジェニファーは私の一番大切な友人で、今はもっとも近くで勤めてくれている侍女なのですが、今回の婚姻で彼女と別れなければならないかもしれなくて……それがとても寂しいのです……」

決して演技ではない、心から寂しいと思ってくれているであろう表情が、ターゲットはアイザックだろうに、ジェニファーの胸までキュンとさせる。

「なるほど、それは寂しいな」

クローディアの目を見つめ、穏やかに微笑みながら頷くアイザックを見て、少しだけホッとする。

（政略結婚ではあるけれど、クローディア様のことは大切に思ってくださっているみたい……）

「そこでご相談なのですが……」

ここまで話を振ってくれたクローディアのために、ここで頑張らなければ女が廃《すた》る！　ひそかにぎゅっと拳を握りしめ、ジェニファーは勇気を胸にまっすぐアイザックを見つめる。

「――私にですか？」

将を射んとする者はまず馬を射よ、いやこの場合は、皇太子が馬になっちゃうから順序が逆か。そんな無礼なことを内心考えつつ、アイザックの問いに頷く。

「実は……ブラック侯爵様に、折り入ってお話があるのです。少しの間、侯爵様をお借りできないでしょうか」

「……話、ですか？」

眼鏡の奥の目を瞬かせてから、彼はジェニファーを見つめて尋ねてくる。

「はい、お時間をいただけませんでしょうか」

彼女の要求に、ブラック侯爵はアイザックと視線を合わせ、ふわりと穏やかな笑みを浮かべて頷いた。

「ジェニファー嬢は、クローディア様の最も親しい侍女の方なのですね。ええ、お互いにいろいろと情報交換をした方が良いかもしれません」

そう言うと彼はさりげなくエスコートのために手を伸ばしてきた。クローディアが一瞬だけ心配そうにジェニファーの顔を見た。その視線に『大丈夫、私、クローディア様についていくために全力を尽くしますから！』という想《おも》いを込めてしっかりと頷き返す。

「ありがとうございます」

エスコートに自らの手を預け、あまり人目につかない場所を求めて、会場からバルコニーに彼を誘い出す。中庭に行ってもいいのだが、そちらは多分人目を忍んで逢《あ》い引きする人間達に会いかねないので、それなら見通しの良いバルコニーの方が話し合いにはふさわしい。

扉を開けて外に出ると、賑やかな宴から抜け出した時特有の、人々のざわめきと、かすかな音楽が遠くに聞こえる。まだパーティが始まったばかりなので、バルコニーで休んでいる人はいない。二人きりだ。

「で。人気のないところに呼び出して、どうするおつもりですか？」

エスコートの手を離そうとしたら、逆に手を掴《つか》まれた。耳元で囁《ささや》くように尋ねてくる声は、低くて冷静で、若干機嫌が悪そうにも思える。

（あんまり……楽しそう、ではないかなあ……）

もしかして、アイザックと離されたのが気に食わないのかもしれない。だったらさっさと話をすませた方がよさそうだ。それにこの男に断られたら、別の人間に声をかけなければならないのだ。

（ずっと恋人がいる人の方の攻略はなんだか申し訳ないな。それだったら子爵っていうあの武官の方が可能性あるかしら……お父様の説得にはちょっと手こずりそうだけど……）

「話とはなんのことですか？　手短にお願いしたい」

話の切り出し方を迷っていると、そう冷たく言われた。ジェニファーは咄嗟《とっさ》に男の顔を見上げる。

クールで整った綺麗《きれい》な顔だ。目は切れ長で鼻も唇も細くて肉づきが薄く、冷たい印象。その上眼鏡までかけているから、考えていることが読み取れない。しかも今は、あまり感情を見せない表情のままじっと彼女のことを見つめている。

（あ、ダメだ。私がどうこうごまかせるタイプの人間じゃなさそう。それにこの手の男には、全部ぶちまけちゃった方がいい）

ジェニファーは論理立てて考えるのが苦手だが、動物的な勘は人一倍働く方だ。そして勘に従って行動する方が今まで上手《うま》くいくことが多かった。そんな経験則から、大きく息を吸って、胸元に自分の手を持っていく。

「あの、私と結婚しませんか？」

「は……？」

突然の脈絡もない逆プロポーズに、さすがの皇太子の懐刀《ふところがたな》も驚きで唇を半開きにする。でも言い出してしまったらもう止めることはできない。だとすれば勝つまで畳みかけるだけだ。まるで剣を持って戦っているような心境で、真剣な目で彼を見据えた。

「私、クローディア様のお心を支えるために、侍女としてゼファーラス皇国に付いていきたいんです。

ですが、私の父は反対しておりまして。ソラテス王国では未婚の娘は、父親の許可がないと国外に出ることは叶《かな》いません」

そこまで一気に言うと、最初の衝撃を吸収して、ようやく頭が回るようになったのか、彼はふむ、と頷いて言葉を返してきた。

「つまり貴女はクローディア王女殿下をお支えするために、ゼファーラスまで付いていきたい。だが父親に反対されているため、それを許可してくれる夫と結婚をしなければならない、とそういうことか？」

頭のいい人は話が早くて助かる。うんうんと必死に頷いていると、彼は冷静な顔のまま、顎に手を当てて一瞬考えるような顔をした。

「なるほどな。それであればソラテス王国の者より、ゼファーラスの者と結婚すれば確実に王女殿下と共に、ゼファーラスに来られると考えたのか」

ようやく理解できたという顔をすると、彼は頷いた。

「わかった。それならば、俺が貴女と結婚しよう」

「そうなんです、だから私と結婚って……え？」

今この人はなんと言った？　一瞬頭が追いついて行かなくて、ジェニファーは目をパチパチと瞬かせた。

「え、えええええええええっ」

思わずびっくりして、目をかっ開いてしまった。どんぐりのようなまん丸の目のまま、ジェニファーは口をパクパクさせる。

「何を驚いているんだ。貴女はクローディア様のお心をお守りするために、我が国にまで付いていきたいのだろう？　手っ取り早くそれを叶えるために、姫君の嫁ぎ先であるゼファーラス皇国の者で、クローディア様と対立する関係にならない、できれば夫となるアイザック殿下の最側近が望ましいと考えた。そうなれば候補は三人程度まで絞れる。その中で最も爵位が高く、伯爵家より上の階級の侯爵である俺ならば、父親の反対も封じやすい。とそう判断したのだと思ったのだが、違うか？」

この人は、隣国の良くわからない娘からの突然の逆プロポーズにもほとんど動揺せず、短時間で状況を把握し、その上即決で結婚の申し込みまで受け入れたと言うのだろうか。

「……時間がないのだろう。ぼうっとしていて良いのか？」

畳みかけられるように言われて、逆に今度は自分に都合が良すぎて、何だか騙《だま》されているような不安な気持ちになる。

（さ、最難関の相手だって、ナンシーも言っていたのに！）

だが次の瞬間、じっと理性的な目が自分を見ていて、ハッとする。状況がわからないのに、そのままその場の雰囲気に飲み込まれてはならない。

「あの……申し出を受け入れていただけて有り難《がた》いですが……何故受け入れてくださったのですか？　侯爵様は以前より、自分の結婚相手には、アイザック殿下の利益となる相手を選びたいと、そう話していらしたと伺っていますが」

それだけは確認しておかなければならない。何故ならこの結婚は手段であるからだ。相手の思惑とずれていれば、この計画自体が意味のないものになってしまう。

顔をまっすぐあげて彼の目をじっと見つめると、彼は一瞬口角を上げて楽しげな顔をした。

「令嬢は猪突猛進に見えて、なかなか情報通でもあるのだな。ああ……そうだ。俺が結婚相手に求める条件はたった一つ。アイザック殿下にとって益があるかどうかだ。そして貴女の我が国への輿入れを、クローディア様が自ら助け船を出すほど、貴女は王女様にとって大切な人物らしい」

そう言って彼はようやく柔らかい笑みを浮かべた。

「クローディア様は、アイザック殿下にとって素晴らしい皇太子妃に、ひいては国を支える皇后になられるにふさわしい女性だと俺は思っている。そして貴女は自分の人生を賭けて、まったく知らない男に結婚を持ちかけるほど、自分の主人に忠誠を誓っている女性なのだとわかった。……アイザック殿下に向ける俺の気持ちも一緒だ。それが答えになるだろうか?」

にっこりと笑うと、先ほどまでの冷たさが一気に消えて、人なつっこい印象すら感じさせる。それから彼女に手を差し伸べた。まるで戦友や商売相手との絆《きずな》を確認するような握手のための手だ。

(この人、意外と……いい人なのかも……)

そう思いながら彼の手に自らの手を沿わせると、文官のわりに手のひらは硬く、何事も人任せにする人ではないと、彼の働き者の手が教えてくれた。

「俺と貴女の志は一緒だ。俺はアイザック殿下に、素晴らしい伴侶を得て幸せな人生を送っていただきたいと思っている。夫婦は片方が幸せでも、もう一方が不幸せでは、幸せな夫婦になどなり得ないからな。俺達ならば、あの素晴らしいお二人の未来を盛り立て、共に支えていくことができそうだ」

ぎゅっと握った手がじわりとジェニファーの心を熱くさせた。

（あぁ、この人も私と一緒だ。心の底からアイザック殿下のことを思っている忠臣なんだ……）

確かにクローディアの幸せは、夫となるアイザックの幸せと直結している。逆もまたしかりだ。侯爵はそのことを十分に理解しているのだ。理性的な人かもしれないが、人の心がわからない人ではない。そのことを知ってクローディアのために、嬉《うれ》しく思う。

「はい。ありがとうございます。私の申し出を受け入れてくださって……」

「いいえ。礼には及ばない。そうと話が決まれば、まずは各所に報告しなければいけないな。ああ、婚約するのだから、私のことはレイと呼んでほしい」

「ありがとうございます。レイ。もちろん私のことは、ジェニファーとお呼びください」

そう答えると彼は彼女の手をとって、式典の会場に戻っていく。そこにはナンシーがクローディアの傍にいて、首尾はどうだったかと聞きたそうな顔をして、こちらを見つめていた。

「お話は終わったのかしら？」

クローディアが少しだけ心配そうな顔をしつつ、こちらを見ている。ジェニファーはにっこりと笑みを返した。

「はい、クローディア様のお陰で無事話し合いが終わりました」

「で。どうなった？」

アイザックはレイに向かってそう尋ねてくる。

「はい、まだ私達だけの話ではあるのですが、結婚を前提に交際させていただくことになりました」

静かなはずのレイの声に、辺りがザワリとする。ナンシーが一瞬目を見開いて、次の瞬間、『やったね』と言う顔で目立たないようにウインクを飛ばしてくる。クローディアがついごまかしきれなかったのだろう、ホッとしたように胸の前で手を合わせていた。

「それでは……」

弾むような声で主人に視線を向けられて、ジェニファーはにっこりと微笑み返す。

「はい、父に了承をもらわなければなりませんが……クローディア様に付いて、私もゼファーラスに行くことができそうです」

その言葉に、クローディアはキラキラとした表情で頷く。

「ありがとう……。大丈夫、絶対にジェニファーがゼファーラスに来られるように、私もできる限りの協力をするから」

そう言うと、クローディアはにっこりと微笑んだ。

第二章　次に結婚の許可をもらわなければなりません

「今からクローディアがゼファーラスに来てくれるのが楽しみでならないよ」

「まあ、アイザック殿下。ありがとうございます。私も殿下の元に向かうのが、だんだん楽しみになってきました」

「貴女はお気に入りの侍女が一緒に来られるかもしれないと思って、それで気持ちが変わってきたのだろう？」

「うふふ、どうでしょうか」

甘い笑顔を向けるアイザックの言葉に、くすくすと微笑み返しているのは、相変わらず愛らしいクローディアだ。手を取り合って楽しげに会話している婚約者達の会話を横目に、ジェニファーは彼らから少し離れたところに立って、気難しそうな顔をした眼鏡男と向かい合っていた。

「なるほど。貴女の父上はご立腹だと……」

「はい、まあある程度は想像していましたが……」

突然他国の貴族と『結婚を前提にお付き合い』しているという噂が、ジェニファーの報告より先に、父に届いてしまったのだ。当然父からどういうことか、という問い合わせの手紙が来ている。ただ対処方法が決まっていないので、返事も躊躇《ためら》っている状態で、それが余計に父の怒りの炎に、油を注いでいるらしい。

「わかりました。本来なら、すぐに挨拶に行った方がいいのでしょうが……準備をしたいので、少し時間をいただけますか？」

　彼の言葉にジェニファーは頷く。

「はい、どの程度でしょうか……」

「まずは近日中でご両親のご都合の良い日に、俺から挨拶にお伺いしたいと、今日これからでもご実家に連絡していただいても？」

「でも数日で父の気持ちが落ち着くかどうかは……わからないです。もしかしたら嫌な思いをさせてしまうかも……」

　もっと上手く根回しをすれば良かったのだろうが、そういったことが得意でないジェニファーが感情のまま突っ走った結果がこれだ。

「結局……私が状況も考えず、猪突猛進したせいでレイまで巻き込んで……本当に申し訳ありません」

　後悔しつつ言うと、彼は眼鏡の奥の目をキラリと光らせて笑う。

「その辺りは……俺の方でなんとかしましょう。それに貴女としては、あのタイミングしかなかったでしょうから……」

　確かにパーティで話ができなかったら、逆プロポーズのチャンスはなかったかもしれない。

（いろいろ問題はあるけど、あそこで動いたのは間違いじゃなかった……のかな？）

冷静で論理的に話をするレイだが、意外にもジェニファーのことは認めてくれているようだ。

（何より……敏腕側近と評判なだけあって、この人にお願いすると、なんか……安心感があるんだよね）

単純なジェニファーは常に冷静沈着なレイを頼りにし始めていた。そんな彼女を見て、レイは小さく笑う。

「任せて。交渉は俺の得意分野だから……」

にっこりと笑顔で、だから手紙だけ先に送っておいてほしい、と言われる。その日のうちに父に伝えると、『いつでも申し開きをしに来るがいい』と若干挑戦的な返信があった。

＊＊＊

「初めまして。私はゼファーラス皇国にて、皇太子付筆頭補佐官を務めさせていただいております、レイ・ブラックと申します。皇都近郊のブラック領を治める侯爵位を拝命しております」

緊張しつつも、レイと共に実家に帰ると、父と母が出迎えてくれた。父は不機嫌そうではあったが、比較的落ち着いた表情をしており、正直ジェニファーはホッとした。母と視線を合わせると、大丈夫、と伝えるように柔らかく微笑んでくれた。

（なんか……いろいろ根回し済みって感じ？）

「ブラック侯爵。わざわざ侯爵に拙宅まで訪問いただきまして、ありがとうございます。初めまして。私はジェームス・サザーランド。国王陛下より王宮近衛第二師団、通称『赤鷲騎士団』の団長と伯爵位を拝命しております」

緊張とかすかな不機嫌さを秘めてはいるが、表面上は友好的にレイと握手をした後、父ジェームスは、彼らを屋敷に招き入れた。

「お父様、思ったより怒ってない？」

屋敷を案内する父と並んで歩くレイを後ろから見つつ、こっそりと母に尋ねると、母は小さく笑って頷いた。

「どうやら貴女達が来るまでの数日で、ブラック侯爵がきっちり根回しをされたみたいね。すぐに我が家にも正式な結婚の申し込みと、贈り物がたくさん送られてきたわ。それとクローディア様からも国王陛下にお願いしてくださったみたいで、陛下から直接、隣国に嫁ぐクローディア様のために、ジェニファーを隣国の貴族と結婚することを認めてやってほしいとお話があったそうよ……」

なるほど。忠誠心の厚い父であれば、直接国王から頼まれれば嫌だとは言えないだろう。ジェニファーは主人の援護にジーンと胸を熱くする。

「それに……ジェニファーは一生結婚しないのではないかと、ずっと心配していたのは確かだと思うの。ただまあ……国を出て嫁いでしまうのは想定外で、さすがにショックを受けていたみたいだけれどね」

母の言葉にジェニファーも頷く。クローディアを一人にしてはいけないと、隣国に輿入れすることを決めたけれど、実際故郷を離れることに寂しさや不安がないわけではないのだ……。

父はジェニファー達を応接室に連れて行く。席に案内される前に、改めてレイが父に近づいて、深々と頭を下げた。

「ご挨拶が遅くなって大変申し訳ありません。このたびご縁があり、サザーランド伯爵家のご令嬢、ジェニファー様に結婚を前提とした交際を申し込ませていただきました」

実際はジェニファーがプロポーズしたのだが、さすがに外聞やら父のプライドやらを考えると、事実のまま伝える気にはならなかったらしい。

「……なるほど。こう見えて俺は娘を溺愛していてね。できれば国内で俺の身近なところで嫁に出したかったんだが……」

笑顔のふりをした父親の獰猛《どうもう》な顔を見て、何かしでかしそうな予感にジェニファーは心臓をドキドキさせている。　仕事柄修羅場を掻い潜ってきている父は、時折趣味の悪い試し方をするのだ。

（レイは生粋の文官だと聞いているし、名門侯爵家出身だし皇太子の側近で……軍人の威《おど》しとかには慣れてないんじゃないかしら）

心配しつつも、口を出すこともできずそわそわと様子を窺う。

「その件は……大変に申し訳ありません。ジェニファー嬢はこれだけ素敵な女性ですから、ソラテス王国内でいくらでも良い縁談があったかと思います」

一方、真剣な面持ちでそう返すレイは落ち着き払っている様子だ。

「ああ。うちの部下にもジェニファーのファンがたくさんいてね」

いやそれはないと思いつつ、ジェニファーは父とレイの攻防の行方をハラハラしつつ見ている。まさか真正面から反対したりしないだろうか。仮にも隣国の侯爵に無礼なことを言って、破談になったりはしないだろうかと心労は尽きない。

「しかし……なんでうちの娘は、貴方《あなた》を選んだのでしょうかね」

若干失礼な言葉にレイは少し考えてから、まっすぐジェームスの顔を見て答えた。

「多分私が一番、ジェニファー嬢の希望を叶えられる男、だったからだと。忠誠心の強いジェニファー嬢にとって、アイザック殿下の最側近である私の元に嫁げば、今まで通り王女殿下をお守りできると考えたのでしょう。そしてそれは正しい認識です。アイザック殿下も、クローディア様の幸せは何よりも大切なものだと考えておられますし、私もアイザック殿下の忠臣として、クローディア様のことも大切に思っておりますので」

ジェニファーを愛しているから結婚するなどとは言わない正直な彼の言葉に、ジェームスは鼻に皺《しわ》をよせて、一瞬嫌そうな顔をした。

（しょ、正直すぎた？　でもお父様は正直な人間が好きな……はず。よね？）

「それでは貴方はジェニファーが好きで、結婚を申し込んだわけではない、ということか？」

不安に思った瞬間の父の言葉にジェニファーは一瞬頭を抱えたくなる。確かに父としては条件だけで愛娘を妻に選んだと言われたらいい気はしないだろう。だがそう詰め寄られても、レイは落ち着いていた。

「……確かに現時点では、熱愛とまではいきませんが、私はジェニファー嬢の、気性がまっすぐで愛情深いところ、決断力と行動力があるところ、そして何よりこの方と心を定めた方に、全力でお仕えしようとする人柄が本当に素晴らしいと、尊敬できる方だと思っています」

真摯に伝えられた言葉に、ジェームスは暫《しば》し考え込むような顔をする。

「なるほど。そもそも貴族の結婚は、純粋な愛情だけで結ばれる場合ばかりとは限りませんからな。少なくとも侯爵と娘は同じ方向を向いている、お互いに尊敬しあえる関係である、という理解で良かったのでしょうか」

顎に手を当てて、理解を示すように頷く。思ったより上手いこと進んでいるな、とジェニファーが安心した瞬間。

「とはいえ、親の許可も取らずに、一方的に話を進められたことは道理が通らないと考えています。うちの娘も悪いが、一国の皇太子殿下の筆頭補佐官をしているのであれば、このような遣《や》り方、理が通っても、感情的に禍根を残す可能性があるというのは、理解していただけますか?」

父が静かな殺気を全身に孕《はら》ませたのに気づいて、咄嗟にジェニファーは立ち上がる。

「お父様、悪いのは、わた……」

「わかりました。先に挨拶もなく、大切なお嬢様を手に入れようとした私の不徳の致すところです。

気のすむようにしていただいても構いません」

悪いのは声をかけた私、と言いかけた瞬間、レイが隣に立って、ジェニファーの手を取る。そして被《かぶ》せるようにして声を張った。文官で穏やかな人だと思っていたから、軍隊で叱咤《しった》する父と代わらないほどの通る声に思わずびっくりした。

「ほう……そりゃいい覚悟だ」

瞬間、ニヤリと父が笑った。まるで獰猛なオオカミみたいな笑みに背筋が寒くなる。だがレイはきゅっと奥歯を噛《か》みしめて、真剣な面持ちで頷いた。

「……だったら殴らせろ。一発で十分だ」

「……畏《かしこ》まりました。今回の件は外交上のトラブルには一切させませんので……どうぞ」

そうレイが答えると、応接間の広い部分に出る。たとえ殴られて転がったとしても、家具にはぶつからない位置だ。

「お、お母様……」

思わず母に視線を向けるが、母は顔を強《こわ》ばらせ顔を横に振った。

「眼鏡を預かっていてもらえますか？」

青い顔をしたまま、レイが眼鏡をジェニファーに預けてくる。彼は一瞬目を瞑《つぶ》ってから自分より上の場所にある父の顔を見上げて頷いた。

「大丈夫です。それでは……どうぞ」

その言葉に父が上着を脱いで母に渡す。それから腕を振り上げ拳を握ると、シャツを通して見事な上腕二頭筋が盛り上がる。

(ダメ、全力で殴ったら……大変なことに……)

緊張して立つレイに父は拳を向ける。彼はみっともなく転んだりしないようにか、足を大きく開き、膝を曲げてそれを受け止めようとしていた。そして鋭い目で殴りかかろうとする男から目をそらさずまっすぐに睨《にら》み付ける。父から闘志のようなオーラを感じて、ジェニファーは恐怖に身が竦《すく》ませた。

「ダメ、お父様！」

ジェニファーはたまらず走り出していた。父を全力で止めようと腕にしがみつこうとする。だがその一瞬早く、父の拳が唸《うな》りを上げて、彼の頬にたたき込まれる。

「――っ」

「……ほう、避けもしないのか」

だが父は彼の頬に触れる寸前、ギリギリのところで全力で振るった拳を止めていた。

「……お父……さ、ま？」

瞬間、レイは全身の緊張を解いた。

「ぁ……はぁ……さすがに、緊張しました……」

そう言うと、彼はクタクタとその場に座り込む。それを見て、父はニッと笑って手を差し伸べた。

「来るか来ないか半々だと読んでいたのだろう？　俺もさすがにそこまで単細胞ではない。大事な娘を奪っていく奴《やつ》だ。殴りたい気持ちは事実だから、気迫は本物だったぞ。良くぞ逃げずに耐えた。なまっちろい文官気質かと思ったら……その根性、気に入ったぞ。……婿殿」

スッキリしたのか、彼はカラカラと笑って、レイをソファーに案内する。

「娘の婚約が決まったんだ。酒を持ってこい」

わかっていたのか母は顔色も変えずに、用意していたらしい酒を出し、メイド達に酒の肴《さかな》を準備させる。

「私達はお茶でも飲みましょうか」

母はそう言ってジェニファーと自分にはお茶を入れた。父はグラスと強い酒を用意させていたらしい。

「当然、義理の父親からの酒は飲んでくれるだろうな」

この勢いは完全に潰す気だ。騎士団仕込みの悪い癖がまた出てると、ハラハラすることになる。

「ちょ、お父様、そんなこと……」

思わず父を止めようとすると、レイはにっこりと笑って、持ってきた包みを父に渡す。

「私も義理父上《ちちうえ》と一緒に飲めたら、と思って持って参りました」

如才なく彼が持ってきた包みを開けて酒の銘柄を見せると、父は嬉しそうに目を細めた。

「これは……ゼファーラス最高の畑で取れた、しかも百年に一度の出来と言われていた十八年前に仕込まれた酒だな……」

ボトルを確認した酒好きの父は、舌なめずりしそうな勢いだ。

（もしかして下準備ってこれも、かな……）

「はい、アイザック殿下が、クローディア様の大切な侍女との結婚話であれば、最高級の酒を用意してお願いすべきだろうと、わざわざ本国から取り寄せてくださいました」

レイの言葉に父は満面の笑みを浮かべた。

「なるほど、婿殿はアイザック皇太子殿下に非常に大事にされているのですな。ジェニファー、お前はわからないだろうが、この農地は皇室にしか酒を卸さないんだ。しかも最高に良くできた年の酒を、直接自分の筆頭補佐官のために取り寄せるなどというのは、本当に大切にしている者にしか決して行わないことなのだ……」

改めてアイザックとレイの結び付きの強さを知った父は、ようやくレイに頭を下げた。

「少々早とちりで、感覚で物事を判断しがちで、猪突猛進なところがある娘ですが、気性だけはまっすぐで素直で優しい娘です。……どうぞよろしくお願いいたします」

「愛していらっしゃるお嬢様との結婚を許していただいて、本当にありがとうございます。ご両親がゼファーラスに来ることも、またジェニファー嬢が故郷に里帰りすることも、できる限り協力したいと思っております。……これから先も末永くよろしくおねがいいたします」

＊＊＊

こうして無事ジェニファーは最難関であった父からの結婚の許可もおりて、ようやくクローディアと共にゼファーラスに移動できることができるようになった。

そしてレイがゼファーラスに戻る前に、婚約者らしく頻繁に共に出かける機会を持つようにしている。

今日は二人馬で遠乗りに出た。

「驚いた。ジェニファーは本当に何の苦もなく、馬に乗るんだな！」

王都郊外の森を抜けると美しい湖が見えてくる。後ろから付いてきたレイが前を走るジェニファーに声をかけてくる。

「とんだお転婆《てんば》だと言いたいのでしょう？」

一瞬振り向いてそう答えたものの、彼の声が呆《あき》れたとか、馬鹿にしている感じではなく、感嘆の響きを帯びていたので、気分は悪くない。

「いーや、純粋に驚いている。こんな風に女性と一緒に乗馬をしたのは初めてだが、最高に楽しい」

彼の言葉を聞きながら、つい笑顔になってしまったジェニファーは弾む息を宥《なだ》めつつ、湖の手前で馬を下りた。そっと愛馬の栗毛《くりげ》色のたてがみを撫《な》でてやる。駆け足で一気に駆け抜けてきたので、馬の背中からは湯気が上がっており、毛並みが汗で艶々と光っている。楽しくて走らせすぎたかもしれない。

「私は文官のレイが思ったより上手に馬を操るのにびっくりしましたけれど」

クスッと笑って答えると、馬を引いて湖の水を飲ませている彼は小さく肩を竦めた。本当に驚いたのだ。ジェニファーが普段一緒に馬に乗るのは騎士達ばかりで、当然戦場で馬を操る彼らは、それこそ命を共にするので馬の扱いには非常に長《た》けている。けれど彼らに比べても、レイも引けを取らないくらい乗馬が上手かったからだ。

（なんでもそつなく熟《こな》すタイプ……なのかな。さすが有能筆頭補佐官様）

だが遠慮して馬に乗らなくて良いのは嬉しい誤算だなどと思いながら、ジェニファーも彼に近づき愛馬に十分に水を飲ませると、近くに生えていた木に馬を結び付けた。

「しかし綺麗なところだな」

さりげなく手を伸ばされて、その手を取るとエスコートをされた。乗馬服で踵《かかと》の高くないブーツを履いているジェニファーは、別に歩くのに困るわけでもないのに、彼にエスコートされて湖畔をゆっくりと散歩する。今までこういうことをされ慣れていなかったけれど、レイは如才のない人なので、気づけばいつも婚約者にふさわしく、毎回エスコートされているという感じだ。

（こんな洗練された素敵なエスコートをする人だもの。ゼファーラスでも人気がある貴族だっていうのも、間違いないよね……）

改めて湖の湖面を見ている彼のアイスブルーの瞳と、整った横顔を見つめる。

レイとの婚約は、つい先日国王に届けも出して受理されたところだ。最初は単なる噂だと思っていた貴族も多かったらしいが、正式に婚約がまとまると、驚いてジェニファーに確認しにくる令嬢も結構いた。

『ジェニファー、本当に、蒼氷《そうひ》侯爵様と婚約が成立したの？』

婚約式の翌日、王宮に行くとそれまでほとんど会話したこともないような別宮の侍女達からも声をかけられた。どうやらレイは蒼氷侯爵、などというたいそうな渾名《あだな》をつけられていて、王宮の侍女達にもかなり注目されていたらしい。それが色気皆無、色恋沙汰の噂にもなったことがない、変わり者のジェニファーと婚約となったので、意外というか、気にくわないと思っている人も多いらしい。

『えっと……はい、昨日国王陛下の許可をいただいて参りました』

それでも他の宮の侍女達とできる限り問題は起こしたくない。なので、一応きちんと対応はした。

さすがに極上の笑顔は面倒になったので見せず淡々とした受け答えにはなっているが。

ちなみに貴族令嬢が国外に嫁ぐ場合は、形だけとは言え、国王からの調印がいる。ジェニファーは王女付の侍女であるので、今回は特別の計らいで直接国王からの声がけと謁見しての手渡しとあって、とても感動したのだ。

（それなのに感動していた気持ちが薄れちゃう。面白半分だったら正直放っておいてほしいなぁ）

だがそんなジェニファーの気持ちは、噂をする側からするとどうでもいいらしい。

結構しつこくあれこれ聞かれ、ついでに嫌みまで言われてしまった。曰《いわ》く……。

『まさか、レイ・ブラック侯爵様をジェニファーが射止めるとはねえ……』

『あの方、美しいけれど、物凄《ものすご》く冷たい方だって聞いたわよ。ジェニファー、大丈夫？』

『でも羨ましいわ。ゼファーラス皇国の名門侯爵家の出身で、皇太子殿下と親しい若手貴族で、一番信頼されている筆頭補佐官なんでしょう。出世間違いなし』

『ジェニファーは将来、ゼファーラス皇国の宰相の妻になるのね～。ジェニファーがあんな大物と婚約するなんて、ホントに信じられない』

冷静に聞いてみればまあまあ酷《ひど》いことを言われている。挙げ句の果てに……。

『ジェニファーでいいのなら、最初から私が行けば良かった』

（そう思うなら、自分で行けば、よかったんじゃないの～）

ジェニファーはジェニファーなりに勇気を振り絞って彼に話しかけたのだ。案山子でもいいと思っていたから、まさか相手がこれほど騒がれる男性だとは思っていなかったが。そしてもしかしてこういう女性に飽き飽きしていたから、純粋に契約を持ちかけた自分の方が興味を引いたのかもしれない。

そんなことを考えていたら……。


「ジェニファー、どうかしたか？」

ジェニファーはつい、当の本人を目の前にして、余計な考え事をしていたらしい。

「いえ、なんでもありません」

答えて笑顔を返す。

（まあ私だって、クローディア様にずっとお仕えするために、一番条件がいい人から順番に声をかけるつもりで、運良く最初の人に了承をもらえただけだし……）

父に結婚の許可をもらえる相手としてレイを選んで、彼もアイザック皇太子にとってメリットのある相手だったから、ジェニファーの申し出を受け入れた。それだけのとても事務的な関係なのだ。美貌の婚約者を見つつ、別に容姿端麗だったから彼に声をかけたわけではない、と一人で頷いている。

すると彼は不思議そうな顔をした後、それこそ事務手続きのように今後の話について聞いてきた。

「……ところで俺は十日後にゼファーラスに帰る予定だが、貴女はいつこちらに来られるんだ？」

そう言われて、ジェニファーは首を傾《かし》げた。

（いつって……もちろんクローディア様と一緒に行くつもりだったけれど……）

「一年後、ですかね。クローディア様が嫁がれる時に一緒に……」

そう答えると、彼ははぁっとため息をついた。何か問題あっただろうか、と思って彼の顔を見上げると、レイは顔を横に振った。

「それでは遅すぎる」

「遅い？」

どうしてだろうか。もともとクローディアありきでゼファーラスに行く予定だったから、それより先に行くつもりではなかったのだが……。

「貴女はできるだけ早めにゼファーラスに来た方がいい」

「どうしてですか？」

湖を渡る風に、髪を押さえながら尋ねると、彼はそんな彼女を見て、言い聞かせるように目を細めた。

「クローディア様がゼファーラスにいらっしゃる前に、一番の侍女の貴女でないとできないことがあるだろう？」

その言葉に彼が何を言いたいのかと少し考えてみる。

「私が早くそちらに行けば、クローディア様が上手くゼファーラスで馴染《なじ》むための下準備ができる、ということですか？」

彼女の答えに、彼は満足げに頷く。

「ああ、そうだ。あのお二人が安心して新婚生活を送れるように準備することも、貴女と俺の大切な仕事だと思う。それに早く世継ぎに恵まれることは、何よりクローディア様の立場を確立させるに違いない」

答えを聞いて、ジェニファーはパッと顔色を明るくする。

「確かに！　私が先にそちらに向かえば、クローディア様の食べ物の好みや、部屋の設《しつら》えなども意見を伝えられますよね。そうすればきっとクローディア様が故郷から離れた嫁ぎ先でも、安心して心地良く過ごすことができますし、心も体も良い状態にして差し上げられると思います！」

ジェニファーが手を打って弾けるような笑顔を見せると、彼も頷いて笑顔を返す。

「だから、貴女にはできるだけ早くこちらに来て欲しい。クローディア様が安心して過ごせる皇太子宮を用意することは、アイザック殿下にとっても利点が多いのではないかと思うのだ」

ああ、やっぱり私の選択は間違いじゃなかった。自分がレイに嫁ぐことで、間違いなくクローディアの役に立てるのだ、と確信できた。そして唯一の主人のためにより良い環境を整えたいという意味で、レイと自分の目標は一つなのだ。

「レイ。とても素敵なアドバイス、ありがとうございます！」

嬉しくなったジェニファーは、ぴょんと跳ねるようにして彼の方に体を寄せた。

「おっと……」

だが突然の彼女の行動に、驚いたのか彼はふらついた勢いで、ジェニファーに抱きとめられる格好になる。思わず顔が近づいて、思ったより胸板が厚い彼の腕の中にすっぽりと収まってしまって、急にドキドキしてきた。

（それになんか……良い香りがする）

汗臭い騎士団員達とは稽古や何かで至近距離になることがあったけれど、こんな良い匂いのする男性に出会ったことがない。爽やかな五月の風のような香りだ。

（何の匂いだろう。香水？）

一瞬そんなことを考えながら、ぼうっとしてしまった。

「ジェニファー。ちょっとだけ目を閉じて」

ぼうっとしていたからだろう。逆らうことなく彼の声に素直に従っていた。ゆっくりと目を閉じると、余計に彼の良い香りで鼻腔《びこう》がいっぱいになり、なんだかうっとりとしてしまった。

「……貴女は本当に素直でいいな……」

頬に触れられて、軽く顔を仰向《あおむ》けられた。次の瞬間、柔らかく唇が降ってくる。

（え――っ、私、キス、しちゃっている？）

挨拶のように頬にキスはされたことがあるが、男性からこんな風に口づけされたことがなくて、戸惑って目を見開いてしまった。至近距離で彼の目は細められ、目を開いたら眼鏡に触れるのではと思うほど、長い睫毛が伏せられている。

（この人……いい匂いがするし、綺麗だし……なんなの、一体）

何故か全力で走った時のように、いきなり心臓がドキドキ激しく鼓動を打つ。ぼうっとしている間に、ゆっくりと唇が離れ、彼が目を開く。次の瞬間、視線が合った彼が小さく笑い出す。

「な、な、な、なんですか！」

恥ずかしいのと、ドキドキするのと、あれこれ気持ちが落ち着かなくて、ジタバタしたくなってしまう。でもさすがに子供でもないからそんなことはできず、困り果ててじわじわと恥ずかしさに頬が染まるのに任せていると。

「……いや、なんでもない」

彼は笑顔のまま、もう一度軽く触れるだけのキスをする。そうされている間に、どんどん頬が赤く

なってきて、なんだかもう熱が出てきたような気がした。ジェニファーはどうしたらいいかわからなくなり、慌てて彼の腕から逃げ出し馬の元に向かう。

「貴女の父上と話し合って、ジェニファーがこちらに来る日取りについて、決めても構わないか？俺がゼファーラスに帰るまで、あまり日にちがないからな……」

彼女は頷きながらも、ふとここ三日と明けずに会っていた婚約者としばらく会えなくなるのだ、と気づいた瞬間、レイがいなくなったら寂しくなるな、と生まれて初めての微《かす》かな胸の痛みを感じていた。

＊＊＊

それから十日後、レイがゼファーラスに帰るその日。

ジェニファーは王宮の賓客が泊まっている区域の入り口で、警備していた幼馴染みと出くわしていた。

「あら、今日はこちらの警備についてたの？」

だが彼女の問いに彼は答えず、代わりに深刻そうな顔でジェニファーを見つめる。

「なあ……お前、本当にゼファーラスに嫁ぐのか？」

「もちろん。私の目的と婚約者の目的が一緒なんですもの、願ってもない良縁だわ」

「……それって、お前もあの男もお互いが好きで婚約したわけではないってことだよな。お互い愛し合ってないのなら、そんな結婚、やめとけよ」

いきなり肩を掴まれて、その力の強さに思わず眉を顰《ひそ》めた。

「なんでやめないといけないの？　ここで婚約破棄なんてしたら、クローディア様にご迷惑が掛かるじゃない。隣国の侯爵との結婚なんだから国際問題になるわよ！」

声を荒らげて、肩に乗った彼の手を払いのけようとした瞬間。

「……俺の婚約者に何をしている？」

いつの間にか近くに来ていたらしいレイが眼鏡の奥の目を光らせて、不機嫌そうな顔で彼の手を払っていた。

「レイ、ごめんなさい。彼は私の幼馴染みなの。ちょっと行き違いがあっただけで、大したことじゃないから、気にしないで」

ジェニファーはまだ何か言いたげな幼馴染みを軽く睨む。それからにっこりと笑顔をレイに向けると、彼は軽く肩を竦《すく》め彼女をエスコートし自室に通す。

「これで、しばらく会えなくなるな……」

部屋に入り二人きりになると、そっと頬を撫でられて、どんどん近づいている距離感になんだかドキドキしてしまう。

「そうですね、でもそちらに発《た》つまでに、私、がんばっていろいろ準備しますから」

頬を撫でられたまま、じっと彼を見上げて彼女は笑顔を向けた。

「そうか。早速こちらに来るために準備をしてくれるのか……」

「はい、もちろんです。クローディア様がそちらに行かれた後、困らないように情報を収集したり、必要なものをゼファーラスに送る準備したり、やらないといけないことはたくさんありますよね！」

決意も新たに拳を握って、力強く答えると、頬を撫でていた彼の手が一瞬止まった。

「クローディア様の、準備……」

「はい、レイとの結婚式は半年後ですが、三ヶ月後には私がそちらに移動します。そうしたらクローディア様の新居の家具や衣装など、私主導で準備できるってレイが言ってくれたのが、本当に嬉しくて」

本音を言えば、ぎりぎりまでクローディアの傍にいたいと願っていた。けれどジェニファーが先に輿入れすることで、クローディアが移動後すぐに普段通りの生活をできるための十分な準備ができると、とレイが忠告してくれたのだ。

（私、いい人を結婚相手に選んだな。自分の主人の幸せが自分の幸せだって思える感性は、人によっては全然理解できないみたいだけど、レイならそれを理解してくれる。本当によかった……）

やはり、彼は最高の契約結婚相手だ、と思った瞬間、幼馴染みの『お互いが愛し合っていないのなら、やめとけよ』という言葉を思い出し、胸の中が一瞬ザワリと嫌な感覚がした。

（でも貴族の結婚なんて、お互いの利害とか、条件面での一致が大事なのは普通じゃないの？）

心の中で反論しつつ、彼女は今日発つ婚約者を見つめる。一ヶ月前には存在すら知らなかった人なのに、三ヶ月後には彼の元に結婚するために向かうのだ。不思議だけれど、その人生も楽しみだと思える自分がいる。

（なによりこれからもクローディア様の傍でお仕えできる……）

もちろんそれが一番嬉しいけれど、彼と共に大切な主人を支えるために生きて行けることがとても嬉しい。

（……レイがいなくなると、やっぱり寂しくなるかも……）

ふと笑顔を浮かべつつそう思ってしまう。するとふいに額にキスを落とされた。やっぱりドキンとしてしまうけれど、これは契約結婚なのだからときめきなど不要なのだ、と自分に言い聞かせる。

「……貴女がゼファーラスに来るまで寂しくなるな」

ひそかに自分が思っていたことを、彼に言われると胸がきゅっと締め付けられた。ふっと笑顔を向けられて、その目がなんだか切なさを帯びているような気がして、きっと気のせいだと自分に言い聞かせながらも、やっぱりドキドキする。

「三ヶ月後には向かいますから、それまで待っていてください」

彼女が答えると、レイはそっと彼女の唇にキスをして、にっこりと明るい笑みを浮かべた。

「ああ、貴女がゼファーラスに来るのを、心待ちにしている……」

まるでしばしの別れを告げる恋人のように彼はそう言うと、ジェニファーをぎゅっと抱きしめてから、ゼファーラスに帰って行ったのだった。

＊＊＊

それから三ヶ月後、ジェニファーは無事ゼファーラスに旅立つことになった。

「ジェニファー、やっぱりこんなに早く、ゼファーラスに行かないとダメなのかしら」

そして旅立ちの準備を整えたジェニファーは既に涙目のクローディアに引き留められて、今更心がぐらぐらに揺れている。

（私が分裂して、一人はゼファーラスに、もう一人はクローディア様の元にいられたらいいのに）

そんな馬鹿なことを真剣に願ってしまいそうなくらいだ。だが時折届くレイからの手紙には、クローディアが嫁いでくるのを皇太子アイザックがとても楽しみにしているという話が書かれていた。だからこそ皇太子夫妻の幸せな新婚生活のために、一刻も早くジェニファーがゼファーラスに向かい、いろいろ準備しなければいけないだろうという内容が書かれていた。

（そう、クローディア様の好みを言葉で伝えていても、微妙なニュアンスとかは伝え切れないだろうし、隣国とはいえ、風習や習慣や様々なことがまったく違う環境で生活をされるクローディア様に不便はおかけしたくないもの……）

そのためにやっぱり彼女自身が行って、その目で見て、一番良い形に整えなければならないと。ともう一度決意を新たにして、ジェニファーは拳を握って力強く答えた。

「私、クローディア様にご成婚後、ほんの少しも苦労をおかけしたくないんです。大丈夫、私が先に行って、露払いをすませておきますから！　クローディア様は安心してジェニファーが待っている隣国に輿入れしてください」

「……ありがとう。本当にジェニファーは優しいのね。寂しいけれど、ジェニファーが待っていると思って、私も輿入れのための準備を頑張るわ。だから九ヶ月後にゼファーラスで会いましょう！」

ぎゅっと手を握ったクローディアの愛らしさに胸をキュンキュンさせながら、相反する寂しい思いを覆い隠して、ジェニファーはソラテス王宮からゼファーラスに旅立ったのだった。

第三章　結婚前にしてはいけないことと、しておくべきこと

ゼファーラスは北の大国だ。東方に大きな海を持ち、国の南側では穀物が収穫される。冬は寒く厳しいが国力は豊かで、レイによれば穏やかで優しい人が多いらしい。しかも保守的なソラテス王国とは違い、冬の準備に働き手として必要とされるため、女性が職業につくことについても寛容だという。だからゼファーラス皇宮騎士団にも女性騎士がいると聞いて、もしこんな国に生まれていたら、と少し羨ましく思った。

ジェニファーがゼファーラスに入ったのは、ちょうど夏の始まりで、馬車の窓から見える景色は見渡す限りの緑の海が広がっていた。一つ一つの穂が徐々に膨らみ、大きく実っていくであろう様子も窺えた。今年はきっと豊作だろう、とジェニファーは一生懸命畑で働く人々を見ながらホッとするような気持ちになった。

この穀物達が黄金色に色付き始める頃、ジェニファーはブラック侯爵の花嫁となる予定だ。

ゼファーラスでは輿入れのための馬車は白く塗られているのが慣習で、ソラテス王国から出発したジェニファーの乗る馬車も、それに合わせている。そして道で白い馬車に出会った人々は手を振って幸運を祈ってくれた。

「本当……温かい人が多いんだな……」

北の国は冬が厳しいから、お互い思《おも》い遣《や》りの心がないと上手くやっていけないのだと、レイが言っていたことを思い出す。

笑顔でお祝いの言葉と共に力一杯手を振ってくれる人達へ手を振り返しながら、ジェニファーはなんだか不思議な気持ちになっていた。第一王女のお気に入りの侍女であるジェニファーの輿入れには、後ろに三台の馬車が連なっている。単なる伯爵令嬢の結婚にしては別格の扱いだ。その中には彼女自身の輿入れの道具もあるが、それ以外にもゼファーラスへの贈り物を届ける役割も担っているのだ。

「こんな立派な馬車の列で嫁いできたら、どこのお姫様が輿入れしたのか、ってきっと思うよね」

今回ジェニファーが使用したルートを通り、来年クローディアも輿入れ予定なので、予行演習を兼ねている。自分の結婚がクローディアの役に立っているのだ。けれど、もしかしたら豪華な馬車の列を見てどこの姫君かと勘違いされているかもしれない。妙な申し訳なさを感じているうちに馬車の列は皇都の下町を通り、今度は針葉樹の森を抜けていく。この先に上級貴族達が住まう町があり、その中に目的地であるブラック侯爵邸もあるのだという。

（なんか……緊張してきた。レイ、どんな顔をして迎えてくれるのかしら）

ブラック侯爵領自体は、封臣貴族《ほうしんきぞく》にふさわしく皇都の近くにあるらしいのだが、今日ジェニファーが向かうのは、皇都にあるブラック侯爵邸だ。普段アイザック皇太子の側近として城で勤務しているレイは当然皇都に滞在している。代々王宮に勤める文官の家系のため、前侯爵が領地を治めるのが常らしい。だが今回、妻となるジェニファーが嫁いでくるということで、わざわざ領地からも前侯爵夫妻がやってきている。

（ご両親にも挨拶なんて、さらに緊張してきた……）

レイが父に挨拶に来た時を思い出し、ジェニファーは心臓がバクバクする。

（もちろん、うちのお父様みたいなことにはならないだろうけど……レイのご両親ってどんな方かしら……）

自分のようなじゃじゃ馬な娘でも許してくださるだろうか。いや既にゼファーラス皇帝からも許可が下りているというのだから、万が一にも反対なんてことはないだろうけれど。でもレイの両親に少しでも気に入ってもらいたい。

そんな物思いにふけっていると、静かに馬車は侯爵邸で止まった。彼女は改めて窓からその屋敷を見上げる。

「うわぁ、すごい立派なお屋敷」

一緒に馬車に乗っている人間はいないので、つい独り言で大きな声を出してしまう。ブラック侯爵家は、侯爵家の筆頭となるような名門だと聞いているので、見た目からもそれに相応《ふさわ》しい屋敷である必要もあるのかもしれない。はぁーっと息を吐いて、気持ちを整えようとした瞬間、馬車の足場が着けられそこを上がってきた御者が、トントン、と扉を叩く。

「はい、降ります」

中腰になって扉から顔を出したジェニファーは、次の瞬間目を丸くしてしまった。当然扉を開けてくれたのは、御者だと思っていたのに。

「ジェニファー、ようこそゼファーラスに」

そう言って手を差し伸べてくれたのは、ブラック侯爵レイ本人だった。

「れ、レイ。どうしたの？」

思わずびっくりしてしまって、中腰のまま固まっていると、彼はジェニファーをあっさりと抱き上げて、階段をおりていく。

「え、あの、なんで？」

突然のことに、それでもステップをおりるまでは動いたらかえって危ないかと、大人しく抱かれたまま戸惑った声を上げる。すると彼が嬉しそうに笑いかけるから、心臓がドキリと跳ね上がった。

（もう……目鼻立ちが整っているから、いちいちすることが様になってカッコいいんだよね……）

一瞬らしくないことを考えてしまって、なんとなく目線を逸《そ》らしてしまう。なんだか頬が熱い。

「中腰のまま固まっているから、長旅で疲れて腰の調子でも悪いのかと思ったんだが」

彼に抱き上げられた状態で会話をしていると、なんとなくざわざわしていて、そちらに意識を向けた。すると屋敷の前に、ずらっと侯爵邸の侍従や侍女達が並んでいるのに気づく。

「ちょっ……」

文句を言おうとした次の瞬間、華やかな女性の声が奥から聞こえてきた。

「あらあら、ずいぶんと嬉しそうね、レイ」

女性の声にハッとそちらを見ると、品の良い美貌の貴婦人がこちらに向かってゆっくりと歩を進めてくる。その目は綺麗なアイスブルーで、整った顔立ちといい、絶対にレイの身内だとジェニファーは確信する。

「あ、あのっ。レイ、お願い。ご挨拶したいから、おろして」

懇願するように声を上げると、彼は少し残念そうな顔をして、ジェニファーの足から地面におろした。近づいてくる夫人の方を向いて、彼女は膝を折り、心を込めて挨拶をする。

「初めてお目に掛かります。私はジェニファー・サザーランドと申します。このたびご縁があり、ソラテス王国からブラック侯爵家に嫁ぐために参りました」

顔を上げて、王宮で国王にする時くらい丁寧に挨拶をすると、気持ちが伝わったのか夫人は柔らかく微笑んだ。気づけば彼女の後ろには、白髪の壮年の男性がいた。

「初めまして。私はロバート・ブラック。隣にいるのは妻のマーガレットだ。はるばるソラテス王国から私達の息子の元に嫁いで来てくれて、本当に嬉しく思っているよ」

「貴女が来るのを、レイ共々、楽しみにしていたのよ。それなのにレイがさっさと抱き上げて連れて行くから、挨拶しそびれるかと心配したわ。ジェニファーさんも遠方からいらして、さぞかしお疲れでしょう？　ひとまず用意したお部屋で休んでくださいね。……後ほど晩餐《ばんさん》の時にきちんとご挨拶するわね」

無事挨拶もできたと思ってホッとしたところだったから、『抱き上げて』などと義理の母となる人に言われて、恥ずかしくなって改めてじわじわと顔に熱がこみ上げてくる。

「あ、あのっ……。はしたないところをお見せして……」

すみません、と頭を下げようとすると、ふわりと腰に手を回された。

「ジェニファーが謝ることはない。俺が待ちきれなかっただけだ」

にっこりと微笑みかけられて、ついうっかりその美貌に見とれ、次の瞬間、汗が噴き出しそうな程全身が熱くなった。

「――っ」

なんて言っていいのかわからなくて、涙目で真っ赤な顔のまま彼のことを睨《にら》もうとする。けれど、くすりと笑って頬を撫でられたら、風船の空気を抜かれたみたいに、完全に戦意を喪失してしまった。

「まあまあまあ、突然の話だったけれど、二人が本当に仲が良さそうでホッとしたわ。では、また後でお会いしましょうね」

夫人は笑顔を向けると、夫と共にその場を離れていく。

「……レイ、なんでこんな……」

微笑んで両親を見送る彼を見上げて、つい文句を言いたくなる。だが彼は次の瞬間、普段通りのクールな声で耳元に囁きかける。

「いろいろ事情があってね。俺達は熱愛中だと周りに思ってもらいたいんだ。うちの両親にというより……」

彼は笑顔のまま、ずらっと並んでいる侍従、侍女達を見る。

（もしかして……私達が単なる政略結婚だと知られると、何か問題があるというのかしら……）

そうであるのなら、彼のこの態度にも理解ができる。きっとレイがそういうのであれば、アイザック皇太子の、ひいてはクローディアのためにもなるのだろう。今までふわふわしていた心境より王女の侍女としての職業意識が上回り、しゃきっと引き締まった気がする。

「畏まりました。それでは私達は今日から、熱愛中の婚約者同士、ということで」

にっこりと笑って彼の耳元で耳打ちすると、彼は優しげな笑顔を浮かべ、彼女の頬に自らの唇を寄せるようにする。

「ジェニファー、貴女が来るのをずっと待っていたよ」

今度は周りに聞こえる声でそう言うと、彼はジェニファーの頬にキスする。そのままエスコートして二人でゆっくりと屋敷に向かう。すると頭を下げている侍女達の前を通り過ぎた後、なんともいえないざわめきが再び耳に入ってくる。

（もしかして、私が嫁いで来たこと自体に、いい気がしてない人もいるのかも……）

レイは出世間違いなしの有力貴族だ。そうであれば彼と結婚したいと思っていた人も多いのだろう。それに彼の元に娘を嫁がせたいと目論《もくろ》んでいた貴族も少なくないかもしれない。そんなことを考えながら、彼の案内で三階の一番奥の立派な部屋に通される。

「ここが貴女の部屋だ」

そこはレイの屋敷らしく、緑を基調としたシンプルで落ち着いた空間が広がっている。妻の部屋というには若干華やかさが足りないと思う人もいるかも知れない。だがフリルや甘い暖色が苦手なジェニファーにとっては、このくらいスッキリしている方が居心地もいい。

「とっても素敵な部屋ですね。気に入りました」

そう声をかけると、彼は眼鏡の奥の目を少し見開いて、それから目尻を柔らかく撓《しな》らせる。

「俺が好きな装いにしたから、母には殺風景すぎると怒られたのだが……どうやらジェニファーと俺の趣味は合うらしい」

にっこりと笑いながら、後ろから荷物を持って入ってきた侍女達に視線を送る。

「まずはお茶でも飲もう。荷物は侍女達に指示してくれれば、貴女の使いやすいように片付ける」

そう言うと彼はソファーに彼女を案内し、隣に腰かけると侍女達に命じてお茶の準備をさせる。

「馬で駆けたら二日ほどだが、馬車だとやはり時間が掛かっただろう？　疲れているはずだ。お茶だけ飲んだら俺も部屋から出て行くから、少し横になって休んだらいい」

「いろいろ気遣ってくださって、ありがとうございます」

彼は上機嫌そうにずっと柔らかい笑顔を浮かべているから、まるで本当にジェニファーが到着するのを心から楽しみにして待っていたように思えてしまう。

（深く愛し合っている熱愛中の婚約者に見せないといけないのなら、私もそれにふさわしい感じにし

た方がいいよね）

　などと自分で言い聞かせているものの、先ほどから心臓はドキドキしている。出迎えから彼に抱き上げられて、大切な恋人のように扱ってもらった。こういう対応は慣れなくて恥ずかしいけれど、じんわりと胸が温かくて、自然と幸せな気持ちになってしまっている。

（契約結婚なんだから、別に愛情は必要じゃないんだけど……演技の下手な私が熱愛中のふりをするためには、彼からそういう風に振る舞ってもらった方がいいんだよね）

　一人で勝手にドキドキして、一人で気持ちが上滑りしているけれど、彼がそれを求めているのなら……。

「私も、ずっとレイに会いたかったの。少し離れているだけだと思っていたけれど、やっぱりとても寂しかったみたい」

　自然と気持ちを彼に伝えると、彼は一瞬軽く息を飲んだ。それから柔らかく目尻を下げて、嬉しそうに笑う。

「よかった。俺だけそう思っていたのかと」

　じっと見つめ合って、頬に手が伸ばされて、顔が近づいて来て……。

（うわ、キス、されちゃう……）

　彼がソラテス王国にいた頃は何度か交わしたキスだけれど、三ヶ月ぶりのそれは、以前の慣れない感覚で不安になるのではなく、なんだかキュンと胸が締め付けられるみたいだ。でも決してイヤじゃない。ドキドキと暴れ回る心臓を宥めて、自分をじっと見ている彼を見上げる。視線が合うと彼が微笑んだ。あと少しで唇が触れ合う……。

「失礼します……」

その瞬間、ワゴンに乗せられたお茶のセットが届けられて、ジェニファーは顔を真っ赤にして、談笑してました、という風に取り繕った。そんな彼女を見て、彼は少し残念そうに笑い、耳元で囁く。

「熱愛中の演技がとても上手いな。この調子で頼む」

そう言われた瞬間、はっと現実が戻ってきて、素直な気持ちで発した言葉が切なく感じて、ジェニファーはなんとも言えない顔を一瞬してしまったのだった。

＊＊＊

その日の夜は温かく歓迎してくれたレイの両親のおかげで、緊張しつつも楽しい時間を過ごすことができた。そして食事のあとは二人きりで屋敷の庭を歩く。夏の始まりといっても湿度の低いゼファーラスの風は日が落ちると涼やかで心地良い。丹精された樹木はさやさやと夜風にざわめき、どこからともなく花の香りが漂ってくる。そんな風情溢《あふ》れる散歩中でも、ジェニファーは残念ながら余り色気はない会話をしていた。

「はぁ、お腹《なか》がパンパンです。……お食事、ほんっとうに美味しかったです。お腹いっぱいになっても、前侯爵夫人がたくさんデザートを勧めてくださるから、つい食べ過ぎちゃった」

緊張からのお酒も少し飲み過ぎたかもしれない。張っているお腹を撫でて笑うと、彼もそれに合わせるように喉を震わせて笑った。

「そりゃよかった。どうやらゼファーラスの食事は口にあいそうだな」

「はい、とても美味しかったです。このお屋敷の料理人が上手なのかもしれませんけど」

「そう言ってくれたら料理人達も喜ぶ。食べ物の問題は大事だから、気に入ってもらえてよかった」

たしかに少し変わった風味のする香草などもあったが、それもまた新鮮で美味しかった。最後のデザートが最高だった、などと彼女が話していると、彼は東屋《あずまや》に寄って彼女にベンチに腰かけるように言う。

「ジェニファーがすっかり母と打ち解けてくれてよかった。貴女は本当に性格がいいな。貴女の最大の美点は、心身共に健康で、性質が素直で明朗なところだと俺は思う」

ベンチに隣り合わせに座り、彼は空に浮かんだ月を見つめてそう呟く。青い月に照らされて、凹凸のはっきりした未来の夫の綺麗な横顔を見上げていると、ジェニファーはなんとも面映《おもは》ゆい気持ちになった。

「私は父に似て単細胞だと言われます。多分、軍人の家系のせいかもしれません。それと『恨みはど恩を思え』と言い聞かされて育てられたので、恩義だけは忘れないつもりです」

人は恨みを忘れないが、恩を受けたことは忘れやすい。だからこそそのくらい強い気持ちで恩を忘れるな、とそう父に言い聞かされて育ってきたのだ。

「なるほど、貴女のクローディア様への忠誠心は、お父上のそういった教育の賜物《たまもの》なんだな」

彼はふむと一つ頷く。

「ではレイはなんでアイザック皇太子殿下に、忠誠を誓っているのですか？」

ふと疑問に思って尋ねると、彼は真剣な顔で答えてくれた。

「アイザック殿下はこの国を愛している。輿入れの道中、ゼファーラスの畑を見たか？」

彼の言葉にジェニファーは頷く。

「この国の人々は辛く厳しい冬を共に過ごすために、豊かに実る夏の間も、懸命に努力をしている。アイザック殿下は、金や権力や名誉より、そうした人々の笑顔が好きなんだそうだ」

空を見上げつつ、彼はそう言って小さく苦笑する。

「まあ、あの方も根が善良で人が良いからすぐに騙されそうで見ていて心配だ。……どうも俺は善良な人間には善良なままでいてほしいと思ってしまうらしい。俺自身が善良とは程遠い人間だからかもしれないな」

そう言ってふと彼はジェニファーの方を見て、困ったように肩を竦めた。

「ということで、残念ながら俺は、ジェニファーほど人は良くない」

それからニッと口角を上げて笑った。

「だからジェニファーにちょっと不埒《ふらち》な相談をしようと思っている」

そっと彼女の手を取り、指先に唇を寄せる。

「さっきも言ったが、いろいろ事情があって、俺とジェニファーの関係が熱烈なものだと信じさせたい思惑がある。何も聞かず協力してくれるか？」

彼の言葉にジェニファーはかすかな苛立ちを感じて握られていた手を引く。その行動が意外だったのか、彼は一瞬動きを止めた。

「どうしてですか？　話せる範囲で構いませんから、きちんと状況を説明してください。クローディア様の不利に働かないかどうかは、話を聞かないと判断できませんから」

まっすぐ彼を見上げて話すと、彼は一瞬目を丸くした瞬間、ふっと唇を緩めた。

「……やはり最初の俺の勘は当たっていたようだな」

眼鏡の奥の目を細めて、どこか皮肉たっぷりの笑顔を見せる。普段彼が外に出している優しそうな笑顔より、ずっと魅力的で心臓がドキンと跳ねた。彼は彼女の手を引いて、立ち上がるように促す。

「少しだけ眠るのが遅くなるが……付き合ってもらって構わないか？」

そう言って彼は彼女と手を繋《つな》ぎ、歩き始める。

「はい。お付き合いします。先ほど少し休ませてもらったので大丈夫です」

そう言って歩き始める彼にエスコートされて庭を後にする。そのまま案内されたのは、彼の部屋で入り口では侍従が驚きもせずに彼女を室内に通した。

（あれ、ちょっと待って。結婚式もしてないのに、彼の部屋に入るって……私大丈夫？）

思わず足を止めると、彼は何も言わずに目線で寝室に入るように促す。

「いろいろと、知りたいのだろう？」

妙に色気たっぷりに目を細められて、まるで誘惑されているみたいだ。

（そ、そう言う意味じゃないってわかっているけど！　そんな言い方されて寝室に連れ込まれるって……）

もしかすると、彼は寝室に機密文書でも隠し持っているのだろうか。うん、きっとそうだ。と自分を納得させる。

「事情は知らなくていい？」

「……いえ、知っておきたいです」

できるだけ真剣な顔で答えたつもりだったけれど、なんとなくじんわりと顔が赤くなっている気がする。そのことに困りつつも、自分が教えろと言い出したのだ。せっかく彼が大事な何かを教えてくれようとしているのなら、と顔を縦に振る。するとそのまま手を握られて、寝室どころかベッドの傍まで来てしまった。

「そこに座って」

と言われたのがベッドだったのだけれど、どうしたらいいのだろう。だが彼がベッドの脇にある鍵の付いた引き出しから書類を持ってきたのを見て、緊張しつつもベッドに腰かけた。彼は書類を持ったまま、彼女の隣に座った。ギシリとベッドが鳴りマットレスが沈み込んだ分、彼の方に体が近づく。

（なっ……なんで。どうしてこうなっているのか、良く意味がわからないんだけど）

婚約者と二人、初めてベッドに並んで腰かけている。それなのに、彼は真面目そうな顔をして書類を持って彼女に渡してくるのだ。混乱してわたわたしていると、彼はその書類を見せながら彼女に話をし始めた。

「ゼファーラス皇国の高位貴族について、貴女にわかりやすいようにまとめてある。見てもらえるか？」

そう言われてザッと目を通してみたところ、皇室の人間関係と有力な家門の説明なども丁寧に書かれていた。だが内容は機密文書というほどのものでもない。

（アイザック殿下には一人弟君がいる。第二皇子であるレオン殿下は王立高等学院で出会った優秀な平民の女性との結婚を望んだけれど、皇帝陛下に反対された。そこをアイザック殿下がレオン殿下の恋人を伯爵家の養子にさせる段取りをして、それで皇帝陛下に認めさせたんだっけ）

家系図を確認しながら、ゼファーラスに来る前に詰め込んだ知識を思い出す。そのエピソードからもわかるように第二皇子は皇位より元平民の妻を選んだ人物で、結婚の手助けをしてくれた皇太子とは兄弟仲はとても良いという評判だ。何か問題があるのなら、それ以外の貴族についてだろう。

「レオン殿下に関しては、特に問題がないということでしたら、クローディア様のために私が警戒すべきなのは、皇族以外の高位貴族についてでしょうか」

そう言いながら、ゼファーラス貴族の様々な家系図を目で追う。

「ああ。注意した方が良いのは、エドモンド公爵家と、その有力な一門であるハンター伯爵家についてだな。特にハンター伯爵家は国内でも有数の商会を抱えている大変裕福な家だ。だが様々な場で我がブラック侯爵家と競合しているため、ハンター伯爵家とはあまり関係が良好とはいえない。そして皇族との婚姻関係を望んでいたエドモンド公爵家も注意が必要だ」

つまりジェニファーが警戒すべきなのは、その二つの家ということらしい。

「ちなみに現在、この屋敷ではエドモンド公爵家からの紹介状を持ってきた侍女を数名雇っている。向こうに情報を流すことが目的だろうとはわかっているが、爵位が上の公爵家からの紹介は正直断りにくく、受け入れざるをえなかった。もちろん、配置場所は考えてはいるが」

不愉快そうに眉を顰めた彼の顔を見れば、その侍女達は相当に面倒臭い存在なのかもしれない。

「ちなみに当然、俺にもハンター家やエドモンド家からの嫁の斡旋《あっせん》が事欠かなかった。まあ侍女より妻を置く方が、よほど俺を管理がしやすいと考えたんだろう」

彼の苦笑交じりの言葉に、ジェニファーは頷く。なるほど彼女が声をかけたのは、レイにとっては渡りに船だったのかもしれない。

（そもそもアイザック殿下の役に立たない結婚はしないと言っていたのも、この辺りの縁談話を上手く躱《かわ》すための手段だったのかも）

つまりジェニファーがアイザックの妻となるクローディアのお気に入りの侍女で、ゼファーラス国内の権力闘争に一切関わりを持っていないことが、都合が良かったのだろう。

「では、私はこれから何をいたしましょうか」

ジェニファーが胸を張ってそう尋ねると、彼はくすりと眼鏡の奥の睫毛を震わせて笑った。

「貴女は本当に素直で勇ましくて、可愛い人だな。実は……正直、こんな書類はどうでもいい、というか……。はっきり言えば貴女を誘《おび》き出《だ》すための材料にすぎなかったって言ったら怒るか？」

そう言うと彼は彼女から書類を預かると、元あったベッドサイドにそれらを放り投げた。

「……え？」

「で、代わりに提案なのだが。……頭を使わない代わりに体を使うことで、楽しくて、もしかすると気持ち良くて、将来の皇太子夫妻に確実に役に立てる一挙両得な方法があるんだ。その方法に協力して欲しいと思って、貴女をここに呼び込んだのだが、協力してもらえるだろうか」

ジェニファーは彼の目の悪戯《いたずら》っぽい輝きにドキドキしてしまっていて、彼の変化について行けず戸惑ってしまう。どうやら紳士的な彼よりも、こんな何かを企《たくら》むような表情にときめいてしまうらしい。

（でも、頭じゃなくて体を使うことでクローディア様のお役に立てるのなら……私に向いているかも？）

もちろんそう考える根本には、未来の夫であるレイに対する好意がある。そして本当に信頼できる相手かどうかは、クローディアが来るまでには判断しなければならない。だったらまずは信じて行動しよう。竹を割ったような性格のジェニファーはその場で即断した。

「体を使う方面ですか？　でしたらぜひ協力させてください！」

力こぶを作るように朗らかに言うと、彼は何故か妖艶に目を細めた。

「……ジェニファーは理解力が高くて、大変結構。そう、体を使う方面だよ」

微笑みかけながら彼は彼女をベッドに押し倒した。

「……へ？」

何をされたのか良くわからない。普段から鍛えているジェニファーは簡単に人に押し倒されるようなことはないはずなのに、何故か彼にはあっさりとベッドに転がされてしまった。しかも慌てて体を起こそうとしたら、肩の辺りをやんわりと押さえられて、今度は上手く動けない。

「あの、何を……」

「何をって……婚約者をベッドに押し倒した男が、やることなんて限られているのでは？」

面白そうにクックックッと笑われて、彼の言った「気持ちいい」の意味がようやくわかって、恥ずかしいやら騙されたようで悔しいやらで、何とか身を起こそうと体を捻《ひね》る。

（これって全部、最初から私を寝室に誘い出すための策略だったんだ）

ようやく気づいてじたばたしても、男性の方がやはり力は強いのか、それとも二人の位置関係とか体勢が悪いのか、全然押し返せない。

「大丈夫。新婦として祭壇の前に立てないようなことはしない。ただ……どうしたら仲良くなれるのか、事前にいろいろ試行錯誤しようとは思っていたんだ」

そう言いながら、彼はそっと彼女の額にキスをする。

「……結婚を控えた恋人同士の触れ合いだ。していけないことはないだろう？　それにどうやって男女が仲良くなるのか、理解しておかないと、貴女よりもっと初心《うぶ》な王女様に何か相談された時に、貴女自身が困らないか?」

彼の言葉に清純なクローディア王女のことを思い出す。運動神経はいい癖に考えると体が止まるジェニファーは、じたばたを止めて一瞬考える。こんなだまし討ちみたいなのは少し納得できないが、なんといってもジェニファーはクローディアのためにわざわざ先に嫁いだのだ。夫婦の……あれこれだって、一番年が近くて聞きやすい自分を頼ってもらいたいではないか。

少なくとも質問されて狼狽《うろた》えるようなことがあっては、武家の出身として恥ではないだろうか。そう考えたら答えは一つだ。

「……確かに試行錯誤は必要ですね」

こっくりと頷く。すると予想外にあっさり納得した彼女を見て、一瞬彼が目を丸くした。

「……判断が速いな」

「はい、それが私の美点ですから。それで……私はどうしたらいいのでしょうか?」

真摯な顔で寝転がったまま見上げると、彼は困ったように小さく苦笑した。

「……俺の未来の妻は、判断が速い上に潔い」

彼女の目を見るが、じっと目が合っているうちに何故か彼の顔がじんわりと赤くなる。

「少し、目を閉じていてもらえるか?」

そう言われて、初めて物凄《ものすご》くまじまじと彼のことを見ていた事に気づき、逆に自分の方がカッと頬に熱が上がってきた。慌てて目を瞑る。

「そんなに眉に皺が寄るほど力を込めなくてもいい。俺は貴女と結婚するんだ。未来の夫なのだから、当然妻が怖いと思うことや、嫌なことはしない。貴方はどうやったら気持ち良くなれるかを……考えなくていい、感じるだけで十分だから」

優しく目元を撫でられると、素直に心地良い。一瞬、『騙されているのでは』と思ったが、国王と皇帝が許可を出した結婚相手にそんなことをして、レイに何のメリットがあるというのか。彼が人を騙すような人かどうかはともかく、少なくとも自分の主人に益のないことはやらない人だろう、とそれだけはジェニファーは確信している。

「んっ……」

そんなことを考えていたら、頬にキスをされ、喉元をくすぐるように触れられた。まるで子猫を撫でているみたいだ、と思って思わず小さく笑った。

「……緊張してないようで何より」

耳元でレイの深くて心地良い声が聞こえる。森のような爽やかで落ち着く香りがする。声がなんだか甘いから、ジェニファーはその感覚に身を任せることにする。

「だって、レイの手がとても優しいから……」

思わず自然と笑みが零れた。

「大切な婚約者だ。これからずっと仲良くしていきたいから、すごく大事にする」

時折意地の悪いことを言うけれど、彼は本質的に優しい人なのかもしれない。

（やっぱり騙されてなんてないよね……）

目を瞑《つむ》っていてと言われたので、目を閉じたまま頷く。

「それではお任せいたします」

男女のことについては、結婚前の教育程度しか知らない。王宮の侍女達はそれなりに耳年増《みみどしま》も多いのだが、噂話《うわさばなし》などが得意でないジェニファーは今までそういう話にはあまり参加していない。

（痛いとか、怖いとか、でも気持ちいいとか、そうでもないとか……）

一体どれが本当でどれが嘘《うそ》なのか。判断するには自分の体で確かめてみるのが一番だ。そんな風に思っていると、彼はゆっくりと彼女の喉元を撫でた。

「少し、胸元を寛《くつろ》がせるよ」

彼の手が大きく胸の開いたドレスの肩に掛かり、それをずらすようにする。ゼファーラスの衣装はドレスの上にガウンをはおる形が多い。秋をすぎるとすぐに寒くなる分、上着で調整するらしい。今日はかなり暑かったから、そもそもガウンをはおっていないジェニファーは肩をずらされただけで、胸元が大きく開いてしまった。

「あ、あの……」

止めるべきか、そのまま受け入れるべきか、戸惑って思わず声を上げてしまった。

「あぁ、ジェニファー、とても綺麗だ」

だが感嘆するような彼の声に勢いを削《そ》がれた。

「すごく、恥ずかしいのですが……」

自分の声が思った以上にか弱く聞こえて、そんな自分に羞恥心を感じて一気に全身が熱くなる。

「……恥ずかしがる姿も、男性の心を期待でざわめかせる」

耳元で囁かれた言葉に、言葉そのものより、耳朶《じだ》に触れる吐息でゾクリと体が震えた。

「あの……」

やめてほしい、ような。やめてほしくないような。困った顔で彼を見上げると、そんな彼女の表情に彼は満足げな顔をした。

「羞恥心に悶《もだ》える姿も、困ったように下がる眉も、潤んだ瞳も乱れる吐息も、どれも全部男性の気持ちを高めてくれる。自然とそれができるジェニファーは間違いなく良い妻になれる女性だな」

彼は一旦顔を上げて、彼女の様子をそう表現すると、彼女のたわわな膨らみの中腹辺りに、唇を寄せた。

「ぁっ」

口づけて、それからもう一度深くキスをして、軽く吸い上げる。チクンとするような痛みがゾワリと体の中に不思議なざわめきを引き起こす。

「なんっ……」

唇が触れるだけで、体にこんなざわめきが起きるのかと、ドキドキする心臓の鼓動を感じながら、ジェニファーは吐息を震わせた。

「イヤではない？」

確認するように尋ねられて、彼女は小さく頷く。

（イヤだと拒否しても、無理矢理《むりやり》されちゃうから抗《あらが》っても無駄だって、誰かが言っていたけど……）

彼はそんな無体なことをするつもりはないらしい。それに……。

（そもそも不快なことは、何一つされてないもの……）

その後のことは知識として知っている。でも新婦として祭壇に立てないようなことはしないと彼は言っていた。

（ということは、子供ができるような交わりはしないいってこと）

つまり痛い思いをするところまではいかないのだろう。

「はい、大丈夫。です……」

気持ちいい、とまでは恥ずかしくて言えないけれど、少なくともイヤではない。頷いて目を閉じたまま、意識的に体の緊張を緩める。

「ではもう少し……しようか」

彼はドレスの隙間から、彼女の胸を持ち上げるようにしてすべてを外に曝《さら》け出す。

「あ、あの……」

恥ずかしいからダメだと断ろうとして、これから結婚するのだと思い出せば、そんなことを言ってはいけないのだと口を閉じた。

「体は細いのに、胸は思いがけず豊かなのだな……」

止められないことを理解したのか、彼は膨らみに触れる。自分がどうなっているのか不安になってふと薄目を開けると、彼は目を細め、広げた手を徐々に絞るようにして、軽く指先で触れるように真っ白な彼女の胸を撫《な》で上げていた。眼鏡をかけたままなのが、日常と非日常の狭間《はざま》にいるようで、余計に淫らに見えて、思わず息が乱れた。

「ほら、しっかり目を開いて見てみるといい。貴女の胸の先は愛らしい薔薇色で、既に硬く起《た》ち上がっている。俺に触れられてもう感じ始めている。運動神経の良い女性は体の反応もいいのか」

薄目を開けていたことに気づかれたのか、そう言って彼は笑った。視線が交わって、見られていたことや恥ずかしい気持ちなど、様々な感情がこみ上げて来て、再びカッと熱が上がってくる。

「これを触ると、貴女はもっと気持ち良くなると思うんだが……どうする?」

胸の先を掻《か》くような仕草をしながらも、実際には触れてこないまま、意地悪く尋ねる。そんなレイの態度に、もうどうして良いのかわからなくてジェニファーは唇を噛んだ。悔しくて少し睨んでしまったら、彼は一瞬で眉を下げた。

「悪かった。貴女を苛《いじ》めるつもりはない。だから自分の唇を噛まないでほしい。傷がついてしまうじゃないか」

そう言いながら顔を寄せ、きゅっと力が入っている彼女の唇にキスをする。何度か触れて、唇を舌で舐《な》めて刺激してくる。そんな状態で唇を噛みしめていることもできない。その上今度は手のひらを使ってやわやわと胸の膨らみを柔らかく揉《も》み立てられながら、何度もキスをされているうちに、すっかり力が抜けてしまう。

「は、ぁあ……」

自然と甘い吐息が漏れてしまった。彼の舌はとても器用で、ジェニファーの唇を食《は》むようにするかと思うと、今度は舌を忍び込ませ歯列をなぞった。さらにその奥で緊張に縮こまっていた彼女の舌まで攫《さら》っていく。ざらざらしたような感覚が慣れなくて、それなのにとろとろと溶けるような唇のあわさる感覚が溜《た》まらなくて、気づくと彼の舌を必死に受け入れていた。唇や周りまで互いの雫《しずく》で濡《ぬ》れそぼっている。くちゅりと濡れて触れ合う感触が淫靡《いんび》でたまらないほどドキドキする。

（キスって……物語で、王子様とお姫様がするアレ、だよね。それなのに……こんなに気持ち良くなっちゃうとかって……）

おとぎ話のあれこれが頭の中で崩壊していく。それとも自分は少々淫らな性質なのだろうか、そんなことを考えているうちに、徐々に頭がぼーっとしてきてしまう。

「んっ……ぁあっ……」

最初は呼吸もままならなかったけれど、鼻を使って呼吸をすればいいと気づいて、上手くキスをする方法を覚えると、ぐっと気持ちよさが高まっていく。ゾクゾクと体を震わせて愉悦に溺れていたら、彼は一瞬キスをやめてそっと彼女の頬を撫でた。

「貴女は本当にびっくりするほど物覚えのいい人だな」

じっと目を見つめながら、先ほどのように胸に触れてからゆっくりと指を白い肌に沈めていく。

きゅうっと締め上げられるようにされて、思わず歓喜の吐息が零れてしまう。

「あぁ、それ……っ」

気持ちいいと言いそうになった瞬間、先ほど硬く凝っていると言われた胸の先を、指の腹で絞るように撫でられて、軽く頭の中で白い何かが破裂するような感覚に身を震わせる。

「ひぁっ……ぁあ……」

じわっと涙がこみ上げてくる。自分の体がどうなったのか良くわからなくて、妙に不安になった。

思わず彼の手を取って、涙目で見上げると、彼はくぅ、と息を漏らした。

「……ちょっと……敏感すぎないか？　胸を触っただけだぞ」

何故か顔を赤くして、額に手を置いて上を向いて息を吐く。喉元まで真っ赤になっているのを見て、何かしてしまったのだろうか、と今度は不安で涙目になった。

「あの……なんかおかしいんでしょうか。私の体」

なんだか体がざわざわしている。お腹の中がきゅんきゅんと疼《うず》き、心もふわふわしているし、何があったのか良くわからなくて不安でもある。

するとそんな彼女の表情を見て取ったのか、彼はそっと彼女の頬に触れて、体を屈《かが》めて、胸の先にキスをした。

「やぁっ……」

それだけでまた体が軽く跳ねる。自分でそうしようと思っていないのに、勝手に動いてしまうのだ。

「おかしいんです。体がびくんびくんって……」

泣きそうな声で訴えると、彼は慌てて彼女の頬を手で包み込んでじっと見つめて顔を横に振った。

「いや、おかしくない。とても良い体だ」

額にキスをされて、少しホッとする。

「俺の方が……煽《あお》られすぎて、式を挙げるまでの間が思いやられそうだが」

そう言って彼はそっと体を引き離し、彼女の服を整えてくれた。

「貴女は女性として最高の体を持っていて、感じやすくて、こうした行為が気持ち良くなれる性質を持っている。それは貴女の素直な性格と、生まれもった才能のおかげだ」

ゆるゆると髪を撫でられて、ものすごく褒めてもらって、なんだか気が抜けてしまった。

「良くわからないけれど、すごく……気持ち良かったです。レイが婚約者でよかった。優しかったし……」

そう言って彼を見上げると、彼はそろそろと変な体勢のまま身を引いて、そっと彼女にシーツを被せて、ゆっくりと立ち上がる。

「水をもらってこよう。それに疲れているだろうから、少し目を閉じたらいい」

そう言われて、目を瞑るとなんだか一気に疲れが出てきたような気がする。彼が静かに部屋を出ていく気配を感じながら、彼女はうとうとと眠り始めていたのだった。

結局気づけば彼女はその日、レイのベッドでそのまま寝ていたらしい。朝起きると彼女はそっと辺りを見渡す。寝室を出ると、彼は隣の部屋にあった大きなソファーで眠っていて、びっくりしてしまった。

「あ、あの……ごめんなさい。私がベッドで眠ってしまったから……」

そう声をかけると、彼は眠そうな顔をしながらも、身を起こして眼鏡をかけた。

「いや、いい。昨日話した通り、俺達の関係が深いと侍女達にも認識してもらいたかったから」

でもそれなのに彼は同じベッドでは寝なかったのだ。

「でしたらなんで、ベッドで寝なかったんですか?」

首を傾げて尋ねると、彼は一瞬困ったような顔をした。

「……昨日は俺も貴女も慣れなくて……。それに、貴女は疲れていただろうし、ぐっすり眠りたかっただろう?」

なるほど。いろいろ気遣ってくれたらしい。そう思いながら布団の中で寝乱れた姿の自分に気づいて、彼を見上げた。

「あの……私、着替えをしたくって……」

とりあえずこんな格好のままではいられない。そう声を上げると、彼も彼女の言葉に頷く。

「そうだな。侍女を呼びにやろう。ここに着替えを持ってくるよりは、ガウンをはおって部屋に戻って着替えをしてもらったらいいだろう」

彼の言葉に頷いて、もう一つの懸念事項を彼に尋ねることにした。

「あと私、毎朝鍛錬を欠かさないのですが……こちらのお屋敷に、どこか訓練場はありませんか？」

彼女の問いに彼は目を丸くして一瞬固まってしまった。

「は？　……毎朝、鍛錬？」

「はい。筋肉は一日にしてならず、です」

力こぶをつくって見せると、彼は目だけではなく、口まであんぐりと開いてしまった。

「……そんなに呆れなくても……」

まあ騎士団員なら普通だが、一般の令嬢は毎朝鍛錬などしないのは、王宮で侍女をしていたジェニファーも良く理解している。だが一般の令嬢であることを目標としていないジェニファーにとっては、毎朝の鍛錬は常に怠ることのできない日課である。

(男性は筋力つきやすくて落ちにくいけど、私はそんなに筋肉がつく方じゃないから、せめて毎日鍛錬を続けないと、剣を握って戦えるだけの筋力が残らないのよね……)

たまに泥酔して、朝の鍛錬をサボっても無駄に筋骨隆々としている父が羨ましい。

そんなことを考えながらじっとジェニファーがレイの顔を見ていると、一瞬目を瞑って彼は深々と息を吐き出した。

「一応、この屋敷にも鍛錬場がある。多分うちの護衛騎士達が午前の鍛錬をしている時間だろう。申し出て一緒に訓練する事自体は構わない」

そう言うと彼は呼び鈴を使って侍女を呼び出す。

「彼女を着替えさせてやってくれ。それから朝食前に鍛錬をするそうなので、女性騎士の衣装があれば用意してやってほしい。ああ。さすがに一般の護衛騎士と同じ服だと面倒だから、それなりに目立つものにして、彼女が俺の婚約者だとわかるようにしてやってほしい。いや、俺が案内するか……」

彼の言葉にやってきた侍女は、表情を変えずに頷く。

(驚いた顔を一切見せない辺り、さすが切れ者侯爵邸の侍女は仕事ができるってことかな)

そんなことを思っていると、さりげなくレイが近づいて来て、そっと額にキスを落とす。

「訓練場には俺が連れて行く。うちの護衛騎士達にも貴女を紹介しよう」

そつのない彼の様子に頷いて、彼女は侍女に連れられて自分の部屋に戻ったのだった。

第四章　甘くて幸せな初夜に媚薬《びやく》を添えて

あれから一ヶ月ほど経《た》ったある日、ジェニファーは夜に彼の部屋に呼び出されていた。

「こ、これはなんですかっ」

そしてベッドの上に置かれたものを見て思わず声を上げてしまった。だがレイは、何か問題でも？と言った表情を浮かべていて、もしかして驚いている自分の方がおかしいのかもしれないと不安になる。

ベッドの上にあったのは、飾りが付けられた目隠しだ。そのデザインは今夜彼女が着ている閨《ねや》着とおそろいだと思う。そして彼は目隠しをつけるように言ってきたのだ。

「ど、どうしてこんなものを？」

このところ、毎晩のように同じベッドで就寝している。お陰で良く言えば『熱烈な恋人同士』、悪く言えば……婚姻前にも関わらず、とても人前では言えないような濃蜜な関係だと言わざるを得ない、ちなみに侍女達にもそのように噂されているようだ。

（まあ、実際そんな関係であることは事実なんだけど……）

胸だけを触られて終わった初めての夜から、初夜の訓練と称して毎晩いろいろなことをされているジェニファーなのだが、これもその一環だろうか……。じとりと彼を見上げる。

「ジェニファーにもっと感じて欲しくて用意したのだけれど……ダメだろうか。こういったことも経験しておけば、皇太子妃の侍女としての経験値も上がると思うのだが」

真面目な顔でそう言った後、呼気が届くほど耳元近くで、たまらないほどの美声が響く。

「目が見えなくなる分、感じ方が深くなるらしい。たっぷりと……感じてみたくはないか？　俺は感じているジェニファーが見たい」

その言葉にゾクリと肌が甘い戦慄に粟立《あわだ》つ。毎晩のように彼に気持ちいいことばかりされているせいで、彼の声と誘うような言葉に徐々に抗えなくなっている。正直こんなのは予定外ではあるのだが、クローディアの役に立つと言われてはなかなか拒否することも難しい。それに、こういった提案をされる度に、新たな快楽を期待してしまっている自分もいるのだ。

「えっと……これも侍女として必要な知識、なんですよね、で、でしたら……ちょっと、だけ試してみます」

口先だけでそう答えると彼はジェニファーの内心を理解しているようににっこりと笑顔を浮かべた。そして容赦なく彼女に目隠しを渡してくる。口先だけで言っている『少しだけ』では毎回すまないのはお互いよくわかっている。

「危ないからベッドの上で座って。俺が着けてあげよう」

すると彼が向かいに座り、自ら目隠しを着けてくれた。元々室内の灯《あか》りを落としているから、それで目の前が真っ暗になる。

「どう？」

「どうって……何も見えないです」

「それはよかった……」

何がいいのだろう、と思いつつ不安で辺りの様子を窺っていると、彼はそれに構わずゆっくりと彼女の衣装を脱がしていく。

「あ、あの……私、大丈夫ですか？」

目の見えない状態で着ているものを脱がされるのはドキドキする。だがこれから夫婦になるのだから、こういったことも覚えていかないといけないのだ……多分。

（私、婚約者《レイ》に騙されてないよね？）

「大丈夫？　あぁ、かえって色っぽくていい。何も着ていないのに目だけが隠されてるなんて」

そう言われて咄嗟に全裸に目隠しだけ着けている自分の姿を想像してしまう。それは思った以上に倒錯的な姿だった。

「ちょ……レイ。そんなこと、言わないでください」

想像したら、一気に恥ずかしくなってきた。

「じゃあ、俺の口を封じたらいい」

そう言って彼はジェニファーの顎に指を添え、口づけをしてくる。今まで意識していなかったけれど、改めて彼の付けている香りが近づいて来て、柔らかく押し当てられた唇が思った以上に熱を持っていることに気づく。

(見えない分、他の感覚が敏感になっているんだ……)

ちゅく、ちゅくと唇が触れるたびに湿った音が聞こえる。彼はキスが上手だ。彼女の唇を食み、舌を擽い、くすぐったいのと気持ち良いのギリギリのところで口内を責め立てる。

「んんっ、んっ」

「口を大きく開けて。舌を突き出して」

言われた通り舌を差し出すと、彼は舌で舐めて刺激する。

「ああ、俺のジェニファーが、淫らで背徳的になっている。今どんな姿をしていると思う？」

ベッドに腰かけたまま、全裸で彼の前で口を開けて舌を突き出している。その上で目隠しをして彼に舌を刺激されて、くぐもった甘い声を上げてたまらず身を震わせているのだ。

「ジェニファーは体の反応がいい上に、こういうことの勘も良くて想像力もあるから、とても気持ち良くなれるんじゃないか」

そう言うと、後頭部を支えた状態で、ゆっくりとベッドに押し倒された。

「今日は手で触れるより、貴女をたくさん食べることにする。手との感触の違いを良く感じて」

そう言われると頬にキスが落ちてきて、ペロリと舐められる。

「ひゃっ」

思わず変な声が漏れてしまう。彼は小さく笑うと、腰の辺りにあったジェニファーの両手を各々の手で包み込み、その状態で首筋にキスをする。柔らかく唇を押し当てたり、ちろちろと舌で舐められたり、時折きつく吸われる。

（目が見えないから、次に何をされるのかわからなくて、ちょっと怖い）

けれども繋がれた手をずっと握りしめているおかげで、彼がそこにいることが感じられるから、そのことだけには少し安堵《あんど》する。

「あぁ、こんなに硬くなって……」

「ひ、ぁあ……ん」

次の瞬間、突然胸の先に吸いつかれて、ビクンと体が震える。硬くなったそれをねっとりとした舌に転がされて、思わず甘い声が上がる。

「ジェニファーはここを吸われるだけで達したことがあるくらい、気持ちいいんだよな」

くすくすとからかうように言われると、意地悪されているのに、なんだかその意地悪も含めてときめいてしまっている。さらに胸の先にツンと淡い痛みを感じるくらい血液が集まってくる。チクチクするような感覚が切なくて、一方の先を吸われたいと思ってしまう。次の瞬間、今吸われていた方から唇が離れ、期待していたもう一方の先が、今度は甘く噛まれる。

「ひゃんっ！」

思わず猫のような声を上げて腰が跳ねる。すると彼の唇が離れて手だけ握られている状態になった。

「な、何をしているんですか？」

今触れているのは手だけだ。そして視界が遮られているから、彼がどんな顔をして何を見ているのかもわからない。そのことが余計に胸をドキドキさせる。

「淫らなジェニファーの姿を楽しみながら、次はどこを責めようか考えている」

くつくつと笑う彼の声が色っぽくて素敵だ。毎回気持ち良くされるから、触られてもいないのに感じやすい下の突起まで、全部硬くなって彼に触れられるのを待っている。

（もっと、気持ち良いことをいっぱいして欲しい。いつもみたいに達してしまいたい）

じっと彼の視線だけを感じているせいで、愉悦を期待している体が耐えきれず震えてくる。腰が彼を誘うようにくねっているのじゃないかと想像して、余計に堪らなくなってくる。

「……ジェニファーのここも、たっぷり舌で可愛がってあげないとね」

するとそんな彼女の気持ちを読み取ったのか彼が下腹部にキスを落とすから、自然と膝が緩んで彼の訪れを待ってしまうのだ。

「たっぷり舐めて欲しいんだろう？　だったら自分で膝を抱えて、貴女の舐めて欲しいところを大きく広げて、俺に見せて」

掠《かす》れた声で囁かれて咄嗟に体が強ばる。今まで繋いでいた手が離されて、ジェニファーは自分の膝に手を持っていく。

「……もっと気持ち良くなりたいよな。大丈夫。俺は素直なジェニファーが好きだから、欲望のままに動いたらいい。……さあ、どうして欲しいか俺に見せて」

その言葉に促されるように、彼女は膝を抱えて自ら彼の前で膝を折った足を大きく広げて見せた。ねちょり、と音を立てて開いた場所に彼の熱っぽい視線が向いているはずだ。

「やぁ、レイ、お願い……恥ずかしい……の」

「恥ずかしくてもいいから、もっと中まで見せてくれ」

蜜口が溶けて濡れている。じっと見られているとわかっていながら、彼女は合わさった陰唇に触れ、指を使って濡れそぼつ口を大きく開いて見せた。

「あぁ、恥ずかしい。だめ、ひくひく、しちゃう……」

ふと先ほど彼に言われた通り、自分の姿を想像すると、なんだか涙が溢れそうになる。けれどもその雫は目隠しに吸われ、ただただ自らの秘密の場所を彼に見せ付けている自分しか彼には見えていないのだろう。

「ぁあ、レイ。恥ずかしいのにすごく頑張ったから……ご褒美をください」

彼の愛撫《あいぶ》を期待して蜜口が収縮を繰り返している。

「ジェニファーのここは、物欲しげですごく可愛い。たっぷりキスをしてあげよう」

そう言うと蜜口の辺りに吐息が掛かる。

「レイ、お願い。大きなお口でたくさん食べて……」

懇願した瞬間、彼が口を開けてパクリと食んだ。その合間に硬く尖《とが》った快楽の芽を啄《ついば》まれて、また意識が白くなる。

「あ、あ、あ、あぁあっ」

それだけで軽く達してしまう。だが彼は容赦なく蜜口に舌をねじ込むようにする。ぴちゃぴちゃとその部分を彼に舐《な》め回《まわ》されて、淫靡な水音が室内に響いた。

「ジェニファー、どろどろだ。貴女は目隠しされて気持ち良くなってしまうんだね。たまらなくて腰が蠢《うごめ》いて、あそこをひくひくさせて……。本当に淫らで可愛いな」

「やあ、だめ、そこっ……気持ちいいの、だめだめっ」

逃げ出そうとする腰を、彼の大きな手が押さえ、その上大きく押し広げるようにする。ぴちゃぴちゃとミルクを飲む猫のような音を立てながら、執拗《しつよう》に何度も責め立てられて、ジェニファーは深い愉悦の波に攫われる。

「ひ、あ、あぁあっ、あぁんっ」

ドクドクと心臓が跳ね上がると同時に、気持ちよさが全身に広がっていく。頭の中が真っ白になり、ジェニファーは見えないことで、彼の舌の感触だけに溺れた。

「ジェニファー、両足を開いたまま、もっとお尻を上げて」

その後目隠しを外され、今は全裸でベッドに伏して彼にお尻を向けている。眼鏡をかけた彼は寝巻きを身につけており、まるでベッドに来た時と様子が変わっていない、そのギャップにも最近は恥ずかしさより気持ちよさを感じてしまう。

ここまで淫らな関係になっているのに、彼はまだジェニファーを抱いたことはないのだ。

「あぁ、はしたないなあ。何度も達したのに、まだこんなに濡らして。……今にもジェニファーの愛らしい花びらから蜜が滴ってきそうだ」

彼は彼女のお尻の下で胡坐《あぐら》を掻き、彼女の尻を左手で掴み、右手の中指を奥まで差し入れている。

「気持ちいい？　もっとして欲しい時はなんて言うんだった？」

浅い位置で弄《いじ》られて、奥まで欲しくてたまらない。

「あぁ、そこ……気持ちいいの、お願い、レイ、もっと奥まで……ちょうだい」

彼の指の硬い部分が中の一部分を擦り上げるたびに、気持ち良すぎてじわっと涙が湧いてくる。深く入れて欲しくて、お尻がゆらゆらと動く。薄暗い部屋の中で真っ白な尻が揺れる様を彼は堪能するように見つめていた。

「あぁ、ジェニファーはいい子だ。それに本当に気持ちよさそうだ。中がずっとヒクヒク震えている」

枕に顔を伏せて、横を向いている彼女の頬を褒めるように撫でて、彼は指をいっぱいに伸ばし、奥まで指を突き立てる。

「ひ、あ、あああっ」

堪えていた快感が全身に一気に突き抜けてきて、淫らに声を上げて啼《な》いてしまう。

「はぁ……。こんなジェニファーを見ていたら、最後までしたくなるな。辛抱強いと思わないか、俺は」

彼の指で達してしまい、快楽に身を震わせているジェニファーのお尻に、彼はちゅっと音を立ててキスをすると、ゆっくりと指を引き抜いた。

「あぁ、抜いちゃ、だめ。レイ……もっとぉいっぱい欲しいの」

彼が最初に言ったことは間違いなかった。体の反応のいいジェニファーは、あっというまに彼との快楽に支配されるようになってしまった。

(約束を守って、最後の一線を越えないようにしてくれているけれど……)

正直、ここまできたらそうなっていても構わないのじゃないかとジェニファー本人ですら思っているが、誘惑の言葉を口にしても、彼は頑《かたく》なに彼女の純潔を守ってくれている。

(お陰で、最後の一線を守っているだけの、とってもイヤらしい体にされちゃっている気もするけれど……私とレイの関係性が強化されるのは、悪いことじゃないはず)

理性で彼を拒否する理由がないとなると、体は安心して快楽を求め始める。けれどいっぱい気持ち良くされて、それ以上おねだりをしても、そこから先は絶対にしてくれない。感じすぎてたまらなくて、でも達したりないそこは、指を抜かれた後もヒクヒクと収縮を繰り返している。

「本当にジェニファーは素直で可愛い。ハクハクして、ずっと俺をねだっているみたいだな」

普段はクールなくせに、レイはベッドでは少しサディスティックで熱っぽい。そして甘くて優しい言葉をかけてくれる。そのギャップも何だかたまらなくて、気持ちよさに拍車がかかる。

「レイ、意地悪しないで……お願い。ちゃんとイカせて……」

気持ちよさが中途半端なところで止められて、切なくてお腹の中がくずくずと疼いている。

「じゃあ、ジェニファーが満足する前に、この間の練習をしようか？」

そう言われて彼女は顔を上げ、彼の座っている下腹部に顔を寄せる。そこには既に硬く屹立《きつりつ》している男性のモノがあって、それを見た瞬間ゴクリと唾を飲んでしまった。

（これを口に含んで、上顎で擦りながら舌を這《は》わせると、レイはすごく気持ちいいって……）

男性を夢中にさせるためには、こういうことも覚えていくといい、と昨日教えてもらった。いつも気持ち良くしてもらう一方であることに申し訳なさを感じていたから、ものは試しと挑戦してみた。

「はい。練習、します」

男性の象徴は余りに猛々《たけだけ》しくて最初は驚いてしまったが、何度か触れているうちに、自分の手のひらに吸いつくような感触もなんだか悪くないと思うようになった。それに笠《かさ》のように張っている部分に舌を這わせると、彼は普段とは違ううっとりとした表情を見せるのだ。

（普段はあんなに冷静なのに、ちょっと……可愛いんだよね）

そんな顔が見たくて、躊躇うことなく彼を口に含むと、彼は目元を赤く染めて熱っぽい息を吐き出した。

レイがとても気持ちよさそうな顔をしているのを見て、なんだかすごくドキドキする。自分を快楽に溺れさせたがるレイの気持ちがほんの少しわかった気がした。

（クローディア様には……不要でも、私が知識を持っているのは何かの時に役に立つはず）

実はジェニファーはこうやってレイに奉仕をするのも嫌いではないから……。

「ああ、上手だ……ジェニファーは本当に物覚えがいい」

吐息混じりの声はかすかに語尾が震えている。普段冷静な彼とは違う、自分しか見ることのできない情欲に溺れる男の顔を見せるから、身の内にぞわりと悦《よろこ》びがこみ上げてくる。教えられた通りゆっくりと彼のモノを扱《しご》くように口の中の空気を減らして密着度を上げて上下する。彼の括《くび》れの部分が擦れてなんだか気持ちいい。

次の瞬間、彼の手が伸びてきて、柔らかく胸の先を触れる。きゅっと絞るようにされたり、指の先でカリカリと擦られたりすると、全身に気持ちよさが高まっていく。

「あぁ、すごく……気持ちいいな」

かすかに彼の声が上擦るのが余計に興奮する。男女のあれやこれやが、こんなにいいなんて、誰も教えてくれなかった。けれど彼とこうするようになってから、あっという間にその快楽にジェニファーは嵌《は》まっている。

口で含んでいる彼を、今とろとろに溶けている場所で受け入れたら、どれだけ気持ちいいのだろうか。想像するとゾクリと体が震え、お腹の中がきゅんきゅんと疼く。もしかしたら、彼はこうやってお預け状態にすることで、もっとジェニファーを彼と彼との閨に夢中にさせようとしているのかもしれない。だとしたら作戦は大成功だ。

「ジェニファー、もういいよ。これ以上したら耐え切れなくて、貴女の可愛い口を汚してしまう」

そう言うと彼は彼女を仰向けに横にならせて、足を大きく開かせると、秘部をさらけ出す。膝の上にお尻を乗せて彼女の体を抱え上げるようにした。

「あぁっ……」

彼が顔を寄せて息を吹きかけただけで、まだ触れてもいないのに、期待混じりの喘《あえ》ぎが漏れる。すると彼は満足げにくっと笑った。

「いい子だ。……ちゃんとイきたいんだろ？」

「あぁ、お願い。お願いだから、イかせて、ね。レイ」

思わず懇願すると、男性器に口での愛撫をしたせいか、先ほどよりもっと濡れそぼつジェニファーの蜜口の部分に彼は躊躇うことなく自らのそれを擦りつけた。硬く尖っていた芽を熱っぽい男性器で擦られて、それでも決して中までは侵入することはない。

「あぁ、これを貴女に入れたらどれだけ気持ち良くなることか……」

彼の切なげな声が愉悦を高めていく。彼の熱を体の中で感じたいけれど。

「レイ、私なら……」

彼の目を見て強請《ねだ》る。けれど彼は目を細めて切なそうに、それなのにどこか加虐性を秘めて笑う。

「……それは結婚してからだ」

ゆっくりと蜜塗《みつまみ》れの表面だけ彼のそれに刺激されて、ジェニファーはどうしていいのかわからないほど、たまらない気持ちになる。

（早く、彼と結婚したい……結婚して、レイの全部が欲しい）

そう思うのは体だけなのか、それとも心からなのか。それすらわからないまま、ジェニファーの甘くて切ない夜は続く。

＊＊＊

昼はクローディアの輿入れのための準備、夜はレイとの甘い生活と、公私ともに忙しい時間を過ごしているうちに、ようやくジェニファーとレイの結婚式の日となっていた。基本的にジェニファーは自分の結婚式について、自分の衣装合わせなどいくつかの雑事を熟しているだけで、あとは有能な文官であるレイが一切合切の準備を整えてくれていた。

結婚式当日は朝早くから起きて、侍女達が右往左往しているのを見ながら、ジェニファーは婚礼衣装を身につけ、綺麗に化粧をしてもらった。ブラック侯爵家由来の宝飾品を身に纏えば、あとは教会の司祭の前で挙式をするだけ、といった状態だ。

（結婚式と披露宴の会場はブラック侯爵邸だから、王宮で挙式をされるクローディア様のお役にたてるわけではないけれど……）

ゼファーラスの結婚式の様式は理解できた。そんな事実に満足げに頷いていると、彼女の両親が支度部屋にやってきた。

「ジェニファー、とても綺麗よ」

　母親は感無量といったように声を震わせている。

「本当にな。しかも隣国に嫁に出したのに、きちんと結婚式に参列するように招待状まで出してくださるとは、ブラック侯爵は気遣いのできる男だな」

　父は感動で少し目を赤くしているものの、まずはレイに対する感謝の言葉を口にしていた。基本的に爵位が下の者が国を跨《また》いで嫁いだ場合、妻側の親族の出席は割愛されることが多い。だがレイはきちんとジェニファーの両親にも招待状を送ってくれたのだ。

「本当に。まさか隣国に嫁いだ貴女の結婚式に参加させてもらえるとは思ってなかったわ。きっと貴女の喜ぶ顔を、侯爵様は見たかったのでしょう。……貴女に優しくしてくださっているのね。ブラック侯爵様は」

　ぎゅっとジェニファーの手を握ってそう微笑んでくれた母親を見て、ようやく自分が結婚するのだと実感が湧いてきた。それと同時に、こうして両親をわざわざ呼んでくれた彼の思い遣りに胸が温かくなる。

「はい、レイはすごく優しくて、いつも親切にしてくださっています。それにクローディア様がいらしたら、侍女としてお側《そば》についていて良いと言ってくださって……」

　そこまで言うと、彼女は傍で立っている父を見上げて小さく笑った。

「それに私の朝の鍛錬も許してくださるの。私、毎朝侯爵邸の護衛騎士達と一緒に訓練をしているのよ」

その言葉を聞いて、父は目を見開いた後、呆れたようにため息をついた。

「じゃじゃ馬は嫁に行っても変わらないのか」

「でもね、ゼファーラスはすごいの。女性でも平民でも叙勲を受けて騎士になることができるのよ！　だから私、女性の騎士と一緒に鍛錬させてもらっているわ。叙勲を受けている女性騎士の皆さんはとても強くてカッコいいの」

嬉しそうに報告すると、さらに父は頭を抱えてしまっていた。

「しかも侯爵は止めるどころか、協力的なのか！」

「でも、ジェニファーは体を動かす方が元気でいられる娘ですもの。理解のある旦那様で、本当に良かったわね」

父の肩を叩いて、母が取りなすように笑うと、父もグチグチ言いつつも、どこかホッとしたような苦笑を浮かべた。

「そうだな。お前は動くなと言ったら、途端に体調を崩す娘だからな」

「レイは賢くて有能で、私という人間についてもすぐに理解してくれて、柔軟な思考ができるところが最高に素敵なの」

ちょっとした惚気《のろけ》混じりに言うと、両親は柔らかく微笑んでくれた。久しぶりの家族の会話にジェニファーが楽しげにしていると、侍女がやってきて彼女達に声をかけた。

「侯爵様がいらっしゃいました」

その声に自然と胸がドキンと高鳴る。ゼファーラスで一位二位を争う人気の独身貴族だった彼は、きっと今日も素敵だろう。未来の夫を迎えるためにゆっくりと立ち上がった瞬間、扉の向こうからレイが入ってきた。

「義理父上《ちちうえ》、義理母上《ははうえ》、遠方からありがとうございます」

「こちらこそ、夫婦揃《そろ》って娘の晴れ姿を見せていただけて、心からブラック侯爵に感謝をしていると、娘に話していたところです」

改めて挨拶を交わすと、レイは目を細めてジェニファーを見つめた。

「ジェニファー……とても綺麗だ。良く似合っている。自慢の妻だな」

「……まだ妻ではないですけどね」

クスッと笑って言い返すと、彼はニヤリと笑って頷いた。実は皆に向けるキラキラした笑みより、自分だけに見せるこんな皮肉っぽい笑みが最高に素敵だとジェニファーは思っている。

「では、さっそく貴女を妻にするべく、神の御前に向かうか」

そう言うとさっと手を伸ばしてくるので、その手に自らの手を預けて彼女は笑った。

「ありがとうございます。それから……今日のレイもとても素敵です」

にっこりと笑い返すと、彼はじっと彼女を見てから、少しだけ照れたように微笑んだ。

「こちらこそありがとう」

そして彼女は彼のエスコートで結婚を誓う式場に向かったのだった。

結婚式は恙《つつが》なく終わり、ジェニファーはその後に屋敷で開かれた宴に参加する。もちろん夫婦として初めてのお披露目《ひろめ》になる。

「ブラック侯爵夫妻、おめでとうございます」

「ジェニファー様はこんなにお美しい方だったんですね」

お祝いと言葉と共に、ジェニファーに対する賛辞も伝えられる。普段はクローディアが受ける賛辞を聞いている立場だったので、なんとなく面映ゆい。今日は自分が主役なのだ、と改めて気づかされた。

「ありがとうございます」

レイの隣で笑顔を振りまきながら、ジェニファーは必死に覚えてきた貴族達の名前と顔を一致させていく。先ほどから笑顔で話しかけてくれているのは、どうやらブラック侯爵の家臣貴族のようだ。

するとそこに華やかな装いをした、いかにも高位の貴族令嬢らしいストロベリーブロンドに青の目をしたとても綺麗な女性と、その取り巻き達らしい数名が近寄ってくる。

「初めまして、ジェニファー様……とおっしゃったかしら？　ソラテス王国のクローディア王女殿下の侍女をされていたとか。クローディア様のためにわざわざ隣国まで輿入れされるなんて、忠誠心の厚い方ですのね」

突然、自己紹介もなく声をかけて来たのは、取り巻き達の中の先頭に立つ女性だ。茶がかった金髪にオリーブ色の目をした気の強そうな顔をしている。

「ジェニファー、こちらはエドモンド公爵令嬢ロゼリア嬢と、ハンター伯爵令嬢のイリス嬢だ」

他にも取り巻き連中達が続いて挨拶をする。どうやらストロベリーブロンドの女性が公爵令嬢、オリーヴ色の目の女性はハンター伯爵令嬢らしい。今までブラック侯爵家の家臣達には会ってはいるが、ゼファーラスの社交界に正式にジェニファーがデビューしたのは今日が初めてとなるため、知らない貴族も多いのだ。

「初めまして。ジェニファーと申します。ブラック侯爵家にソラテス王国から嫁いで参りました。今、お話しいただいていたように、今後は皇太子妃となられるクローディア様の侍女としてお仕えさせていただく予定です」

ジェニファーが挨拶をすると、ハンター伯爵令嬢イリスは少し意地悪そうな顔をして笑う。

「そう、クローディア殿下のために嫁がれたようなお話なんですのね。まるで……ブラック侯爵はそのための手段と仰《おっしゃ》りたいみたい」

ちらちらとこちらを見ながら話す様子に、どうも挑発したい様子が見えて、彼女は一瞬どうしようかレイを見上げた。

「実はそうなんだ。彼女はクローディア王女殿下の忠実な侍女でね。クローディア様にお仕えするために、俺からの結婚の申し込みを受けてくれたんだ」

くすりと笑うと、余裕の表情で彼はジェニファーの腰に手を回し、そっと彼女の額にキスをする。

（確かハンター伯爵って、ブラック家と対立している家だよね。そして屋敷にスパイを投入してきて

いるのがこのストロベリーブロンドのお嬢様のご実家であるエドモンド公爵、ね）

きっと何かしらのけん制をしに来ているのだろう。そう考えると気合いが入る。ジェニファーはことさらにっこりと微笑んで彼を見上げた。

「でもレイがこんなに素敵な男性で、予想外の幸運でしたわ。私、こう見えても運だけはすごくいいんです。優しくて有能な男性の妻になれて、本当に幸せです」

にっこりと笑って、つま先立ちになると、わざと彼の顎先にキスをする。

「こら、ジェニファー」

「レイだって、額にキスしたじゃないですか。そんな風にされたら、私だってキスしたくなります！」

普段の自分らしからぬ、過剰なほどの可愛らしい仕草をしつつ、むぅっと膨れて見せると、彼は一瞬で破顔した。

「ははは。ジェニファー、貴女は本当に可愛い人だな」

そっと頬を撫でてもう一度額にキスを落とす。瞬間、彼女達から押さえていた殺気のようなものが漏れ出したように感じられて、ジェニファーは一瞬イリスの様子をちらっと確認した。

（なんだろう……この感じ）

だが次の瞬間には彼女の視線はレイに向いていた。ただ彼に向けられていたのは、先ほど感じた殺気ではなく、なんともいえない執着のような粘り気のあるものだ。レイがさりげなくジェニファーの手に触れるから、慌てて先ほどの甘い雰囲気を維持して会話を続ける。

「もう、レイってば！」

「照れているのか？」

「照れてません！」

パシッと軽く叩くふりをすると、彼がその手を捕らえて指先にキスをする。お互い渾身《こんしん》のイチャイチャを繰り返すと、それ以上に言う言葉を失ったのか、取り巻き達はうんざりした顔をしている。

（これに懲りて離れてくれるといいんだけど……）

にっこにこの笑顔を頬に貼り付けて、ジェニファーは裏側で冷静にそんなことを考えている。するとずっと不機嫌そうだった伯爵令嬢のイリスが、結婚式直後の二人が甘ったるい会話をするのを止《と》めるように、ジェニファーに向き直り声をかけてきた。

「そういえば、私も皇太子妃付の侍女をさせていただくことになりましたの」

にっこりと笑いかけてきたイリスの言葉に、一瞬ジェニファーは顔が真顔に戻ってしまった。

「……え？」

どういうことだろうか。ブラック侯爵家とは険悪な関係のハンター伯爵家の令嬢が、クローディアに仕えるというのだろうか。

（まあ、ソラテス王国からの来る宮中侍女は、多分私と情報通のナンシーしかいないから、どちらにせよゼファーラス貴族から侍女を雇わないといけなくなると思っていたけれど……）

誰の推薦だろうか。と考えれば、当然エドモンド公爵家がその筆頭候補になるのだろう。

（ちょっと……後でどういうことか、レイを通じて調べてもらわないと）

穏やかではない情報に、内心臨戦態勢になりながらも、ジェニファーは笑顔で頷く。

「そうでしたのね。ではこれからよろしくお願いいたします」

丁寧に挨拶をすると、イリスは何だか少し嫌な笑いを口元に浮かべた。

「ええ……クローディア殿下については、何一つ存じ上げませんのでいろいろ教えてください。これからよろしくお願いいたしますわ」

そう言うと彼女達は踵を返していく。だがジェニファーはなんともいえないような不穏な空気を感じていたのだった。

＊＊＊

「なんですか、あの貴族令嬢達！」

パーティを初夜のために抜けたジェニファーは、その前にと言ってレイを引き留めた。あまりゆっくり食事を取れていなかった二人は、控え室でサンドイッチや軽食と共にお茶を飲んでいる。お腹に食べ物を入れたら元気いっぱいになってきたジェニファーは、プンプンと怒りを発散させていた。

「すまない。公爵派の人間が一人ぐらいは皇太子妃宮に入り込むだろうとは思っていたが……まさか侍女にイリス嬢とは」

レイも初めて聞いた話らしい。彼も会場を抜け出した瞬間、自分の側近に何かを調査するようにメモを回していたから、その件について情報収集をしているのだろう。彼は何かの考えをまとめているようでメモにペンで絵のようなものを描いている。

「それ、なんですか？」

描かれているのはぐるぐるの丸を重ねたような絵と、棒にひらひらとしたものがついた謎の物体だ。

「いや、バラとアイリスの絵を描いたんだが……」

ぐるぐるの方はロゼリアのバラ。棒の方はイリスの名前の元になったアイリスを書こうとしたのか、と彼の言葉を聞いてようやく理解できた。だがどうやら何事も完璧な夫ではあるが、絵だけは壊滅的に下手らしい。

「……残念ながらどちらも花には見えません。アイリスの方は旗みたいに見えますけど？」

彼の描いた絵を見て、呆れたように言うと、彼はごまかすようにペンでぐしゃぐしゃと書き消した。

「花の絵はともかく……きっとイリス嬢が宮中侍女としてクローディア様にお仕えするのは拒否できなさそうな感じですよね」

イリスを侍女にごり押しをしてきたのがエドモンド公爵家であるのなら、侯爵家にいるスパイ侍女達のように拒否し難いだろう。半分諦めの心境で尋ねると、彼は顔を顰めた。

「そうだな。そうでなくてもエドモンド公爵家は、皇太子が外国の姫君と結婚することに異議を唱えていたんだ。だからその妥協策としてハンター伯爵令嬢を侍女にと押しつけてきたのなら、バランスを取るためにも受け入れざるを得なかったのだろう」

「異議って……クローディア様との結婚に反対していたってことですか?」

彼女の問いに、彼は深く息を吐き出した。

「公爵は国内で自分の息の掛かった人間を妃として差し出したかったんだ。そのための根回しも相当していたし、何より皇室に次いで権力を持つ公爵家だからな、国内でもやはり影響力が大きくて……」

「なるほど。ちなみに……あのイリスって女性、どういう人なんですか」

先ほどの彼女のレイを見る目がなんだか病的で執着しているように思えて、本能的に嫌な感じがしたのだ。

(もしかしてレイが私と仲良くしているって見せかけたい相手って、あの人だったのかもしれない)

ブラック侯爵家と関係が悪い伯爵家の令嬢。それなのに彼女はレイのことが好きだったりしたら……。

(ちょっと待って。そんなややこしい人が、クローディア様の侍女になる?)

まだ敵味方も判断できないゼファーラス皇宮で、自分がクローディアを守るのだ。皇太子妃付の侍女は側近中の側近だ。本当に大丈夫だろうかと、一瞬不安がこみ上げてきて彼の手を握ると、なんともいえないような視線を向けている彼と目が合った。

「レイ……イリス嬢と、何か関係がありましたか?」

自分の予感が当たっていることを確信した彼女の言葉に、彼が一瞬だけ目を見開く。

「……貴女には隠し事ができないな」

笑う表情は余りに綺麗で整いすぎているから、なんだか本当のことを言ってくれているのか不安になる。

「俺にハンター家からの嫁の斡旋に事欠かなかったと話をしたが、その筆頭があの令嬢だったんだ……」

彼はそう言うと嫌そうにため息を長々と吐き出した。

「イリス嬢にハンター伯爵がどういう話をしたのか……。父親の話で彼女は勝手にその気になっていたようだ。結論として縁談自体は俺から断ったのだが、アイザック殿下の役に立てば、受け入れていたはず、と思い込んでいるらしい……。だから皇太子妃の侍女になるという根回しがあったのかもしれないな。俺が既に結婚した今になってクローディア様の侍女になっても、彼女にどんな益があるのか想像できないが……」

ぐしゃりと髪を掻き回すと、彼は本当に嫌そうな顔をした。どうやら政治はできても、女心について今一つ学習が足りていないらしい。

(多分だけど、あんな目で睨まれるくらい、彼女に対して冷たくしたんだろうな。私には優しくしてくれるから、そんなレイ、想像も付かないけれど……)

逆に自分の場合、恋愛感情が絡まないからこそ、良い関係を築けているだけなのかもしれない。ふとそう思うと、なんだか胸が重く苦しくなる。だがそんな自分の気持ちに目を向けている余裕はないとばかりに、目の前の状況に頭を切り替えた。

（まあ確かに、単純な私と深く考察をするレイと、お互いの違う部分が上手くかみ合っていて、今のところ良い距離感が保てているよね。あと……夫婦として大事だって言われていた、閨事も……多分、相性が良さそうな気がするし……）

ここ三ヶ月で、すっかり体を手懐《てなず》けられた感があることを思い出し、何だか頬がじんわりしてくる。つまり二人は性格が合い、お互いに利害が一致していて、夫婦としての相性も悪くなさそうで……。

（でも、結婚ってそれだけで上手くいくものなのかしら？）

ふと、もっと根本の大事なものが自分達には欠けてはいないだろうかと不安になった。

「まあどちらにせよ、俺達は既に結婚して夫婦になった。俺が今後イリス嬢と関わり合うことはないし、彼女がしっかり皇太子妃付の侍女として、ジェニファーと協力して仕事ができれば問題ないだろう。何か気に掛かることがあれば相談してくれ」

だが不安を覚えた瞬間に、そうレイに言われて一気に思考がクローディアの忠実な侍女である自分に戻った。

「そうですね。まあ結構面倒な人のような気もしますが、あの令嬢が公私をきっちり分けられる女性であれば、問題はないですよね」

ただ正直、レイと結婚したジェニファーに対する好感度は、地を這うほど低そうではある。

(まあ仕事は仕事だし、彼女が自分の感情が制御できずに何か問題を起こすくらいなら、クローディア様が来る前に発覚する方がいいしね……)

だが彼女も高位の貴族出身であれば、貴族としての義務はわかっているだろうから、引き受けたからにはなんとか上手くやるに違いない。状況によってはできる限りクローディアとイリスが接触しないよう采配したらいい。少なくとも事前にイリスについて情報を知れて良かった。前向きに捉えてジェニファーが一人納得したように頷く。

「ジェニファーの気持ちの整理は付いただろうか?」

するとそんな様子の彼女をじっと見つめていたレイにそう尋ねられて、笑顔を返す。

「はい、大丈夫です。事前にいろいろ教えていただいて助かりました」

すると彼は突然耳元で、少し緊張したように囁く。

「だったら……そろそろ初夜の準備をしてもらってもいいだろうか?」

今までと全然違う艶めいた声音に、一気に全身が熱くなって、良くわからない汗が噴き出してきた。

(そうだった。今日はついに新婚初夜、だ……)

改めてその事実を彼の声で思い知らされて、焦るような怖いような、でも何かを期待しているようなふわふわした感覚で、ジェニファーはこくりと頷いたのだった。

それから一度部屋に戻り、初夜のためにもう一度お風呂に入った。丹念に肌を磨き込まれ、甘い匂いのする香油を塗り込められ、いつもより長い支度を終えると……。

「こ、これを着るんですか？　私……」

侍女が用意したネグリジェを見て悲鳴を上げる。

（こ、これ、何？　なんだかとっても透けているんだけど！）

レイが準備したというネグリジェは、高級なシルクを細く縒《よ》ってそれを繊細に編んだとても品の良いものだ。だが余りに薄く、レース仕立てになっているため、身につければ肌が透けて見えること確定だと思う。

「はい、ゼファーラス産の最高級のシルクとレースをふんだんに使ったものです。どのような貴族階級の方であっても不足のないものをということで、皇室御用達《ごようたし》のデザイナーがジェニファー様の寸法にあわせて作ったものです。今夜、侯爵様からぜひ身につけてほしいとのことですので……」

婚礼の夜にジェニファーについているのは、こういったことに慣れているらしい母親世代の落ち着いた女性だ。だがジェニファーは彼女の言葉にハッとする。

（そうか、これってもしかして、クローディア様の初夜のための衣装選びを兼ねていたりする？）

主人命のジェニファーは、そんな裏の意図を勝手に思い付くと、妙な気合いが入った。

（だとしたら、確認できるのは私しかいないよね、きっと）

侍女の押しもしっかりと強いので、はっきり言えば逃れる余地はなさそうだ。彼女が持っている衣装を見ていると、衣装越しに向こうにある鏡にまで見えていて、レース越しに自分の真っ赤になった顔が見えた。羞恥心でクラクラする。でも新婚の夫がジェニファーのために用意した衣装だ。

（ここまで来たら、これは戦い。では身につけてくださいませ！」

「わかりました。では身につけてくださいませ！」

恥ずかしいといえば、もう散々レイと恥ずかしいことをしているのだ。そして今日を境に、正式に侯爵夫人となり、子作りという貴族女性には確実について回る目標が見えれば、今まで感じていたそこはかとない罪悪感はなくなるだろう。状況は決して悪くないはず。

少しだけ部屋を暗くしてもらって、猪突猛進なジェニファーはその衣装を身につけると、鏡に映る自分の姿は絶対に見ないようにしながら、すごい勢いでガウンをはおる。

恥ずかしいやらなんやらで、ガウンまで身につけると、はぁはぁと荒い息をついた。

「それではご準備が整いましたので……寝室にご案内いたします」

そう言われて、ジェニファーは廊下を渡って向かいにある、今日から彼女が眠ることになる夫婦の寝室に案内された。

「いらっしゃい。ジェニファー」

入り口には夫が立っていて、同じようなガウン姿であるのをみて、いよいよ初夜が始まるのだと緊張と興奮で血がぐるぐると周り、挙げ句の果てに頭がガンガンとしてきた。今まで夜一緒に過ごすこともあったが、あくまでも結婚前の触れ合いということで、公式のものではなかったから、侍女達がこんな風についてくることはなかった。

(それが……ぞろぞろと侍女が付いてきて、それで『はい、今から閨事を始めま〜す』って感じで寝室に押し込められて……すっごく、すごく恥ずかしいんですけど！）

叫ぶわけにもいかないジェニファーは、真っ赤になったまま彼の手を取る。すると侍女達は下がっていった。もちろんベルがあるので呼んだら来てくれるのだろうけれど、とりあえずそんな予定は今の時点では一切ない。というか来られたら恥ずかしすぎるので、無事ことをなしおえるまでは、一切関知しないで欲しいとお願いしたいくらいだ。

「……ジェニファー、どうした。貴女らしくもなく緊張している？」

夫婦の寝室には大きなソファーと、部屋の中心にさらに大きなベッドがあるだけだ。ソファーのテーブルと、ベッドサイドに置かれた机には、東の国の貴重な陶器を使った立派な花瓶があり、そこには香り高い紫色の百合《ゆり》の花がたっぷりと活《い》けられていた。

ジェニファーはそのまま部屋の中央にあるベッドサイドまで連れて行かれ、いつかのように二人でベッドに並んで座る。

夫婦の寝室は紫色が基調になっているらしい。紫色のベッドカバーが既に退けられていて、いつでも眠れるような状態だ。壁に絵などはなく、落ち着いた色合いのタペストリーが飾られている程度で、全体的に装飾は少なかった。そしてベッドの周辺には裸足《はだし》で歩いても気にならないほどふわふわの分厚いカーペットが敷き詰められていた。

座って改めてベッドを確認する。シーツも布団も絹を繊細に平たく織った手触りの良いもので、スプリングは少し硬めでジェニファーの好み通りだ。そして大人が五人ぐらいはゆったりと並んで眠れそうなくらい大きい。だがその奥には大きな何かが置かれており、カーテンがかけられている。ほとんど家具のない部屋だからこそ、なんでそんなものがあるのか不思議に思ってしまった。

(あれって多分鏡だよね。どうしてこんなところにあるんだろう?)

少し疑問に思ったその時、何か良い香りが彼女の鼻腔をくすぐる。香でも焚《た》いているのだろうか。飾られた花の香りと混じり合い、体から緊張が抜けて開放的な気分になる。ふと先ほど湯浴《ゆあ》み後に塗ってもらった香油と香りが似ていると気づいた。

(私がくつろげるように、気遣ってくれているのかな)

条件で娶《めと》ってもらったような妻だとしても、レイはそんなことを感じさせないようにたくさん気遣ってくれている。本当にありがたいな、と考えながら彼を見上げると、レイはベッドサイドにあったお酒をグラスに注いでくれた。

「これを飲んで緊張を解すといい。今まで何度かお互いに触れてきているから、それほど怖いことがあるわけではないとわかっているだろう? もちろん女性には破瓜《はか》の痛みはあると聞いているが、飲んだら少しマシになるかと思って、酒を用意させた。貴女にはできる限り辛い思いをさせないように、俺が細心の注意を払う。だから怖かったり不安だったりしたら無理せず、途中で止めてもらってもかまわない」

そう言って彼はグラスに注いだ酒を彼女に渡してきた。二人きりでグラスを重ねると、縁が触れる澄んだ音が響いた。

「……あ、美味しいです」

単なる果実酒かと思ったら、フルーツやスパイスなどいろいろなものが入っているらしい。そして彼が飲むものにしては珍しく蜂蜜が入っていて甘く、冷たくてとても美味しかった。喉が渇いていたのもあって、一気に飲み干す。すると彼はすかさず、二杯目を注ぎ入れながら笑顔を見せた。

「それならよかった。実はそれには媚薬が入っているんだ」

「なるほど～。だから少し風味が変わっているんですね……って、媚薬ぅ？」

ごくごく普通に言われたから、何も考えずに受け止めかけて、途中でその意味に気づいて、思わず素っ頓狂な声を上げてしまった。びっくりして彼を見上げると、彼は眼鏡の奥の目を細めて悪戯っぽく笑う。

「……そんなに驚かれるとは思わなかったな。ゼファーラスでは初夜の新妻に媚薬入りの酒を飲ませる風習があるんだ。新婦の緊張と、破瓜に伴う苦痛を和らげてくれる効果があるからね」

「そう……そうなんですね」

国が違えば常識も変わる。確かに緊張でガチガチになっている新婦と初夜をすませるより、媚薬入りのお酒を飲んでリラックスしている状態でする方が、新婦にとっても親切かもしれない。

（でも飲ませるより先に、その辺りのこと、言ってほしかったかも。けどまあこの国での常識なら別に前もって丁寧に説明する必要ないと思っていてもおかしくないのかな……）

千々に乱れる思考のまま再度注がれたグラスを凝視していると、媚薬と言われたせいか、なんだか体が熱くなるような感じがする。ふと自分の首元に触れて熱が上がっているか確認すると、彼はそんな彼女を見て、もう一度にっこりと笑った。

「ああ。ちなみにこの部屋で使っている香も、新婚初夜に焚くのが習わしになっているんだが催淫効果があると言われている薬草やスパイスが調合されているらしい」

さも当然のように言われて、グラスを持ったまま彼の顔を見上げ固まってしまった。

（お酒も、お香も……初夜対応の媚薬入り？　ちょっと待って。じゃあ私がさっきお風呂上がりに塗ってもらった香油も……）

似た香りがするから、きっとそうだと確信する。侍女達も何も言わずにしれっと塗ったってことは、やはりこの国では当然の、新婚初夜の習わしなのだろう。

（ってことは、お酒飲んで、部屋のお香に、肌に塗った香油に……私、もしかしなくても媚薬塗《まみ》れなんじゃ？）

気づいた瞬間、先ほどまでじんわりしていた熱が、一気に血液に溶け込み、体中に巡り始めたような気がする。

「なんだか、熱いのですけど……これって媚薬のせいですか？」

思わずそう尋ねてしまうと、彼は頬に触れて楽しそうに笑った。

「ああ、多分。しかももうずいぶん効いているみたいだな。……いつもよりもっと感じやすくなっているんだろう?」

何だか体がふわふわする。耳元で聞こえるレイの声がいつもよりずっと艶めいていて魅力的に思える。彼の熱を帯びた呼気が耳元に触れるだけで、ゾクリと体が震え、いつも彼とそうする時のように、お腹の中がきゅんと疼いた。

「私、なんかおかしいです……」

まだキスすらしていないのに、お腹が疼くなんておかしい。頭がとろとろになって、吐息まで熱っぽい気がする。

「貴女が開放的になって、俺との閨事を最後まで行っても嫌にならず、それどころか好きになれるように、わざと媚薬を使っているんだ。だからジェニファーは素直に感じたらいい。今までだって俺との閨は、気持ちよかったのだろう?」

そう言うと彼はグラスをベッドサイドにおいて、彼女をゆっくりとベッドに押し倒した。柔らかく頬を撫でられて、微笑みかけられる。

「はい。気持ちいいです」

素直にそう答えられた。我ながら現金だと思うけれど、彼と一緒に生活するようになってから、彼はジェニファーの嫌がることはしなかった。それにベッドで一緒に過ごす時も、いつだって彼女が心地良いようにしてくれるから。

「じゃあ、俺を信じて目を閉じて。気持ちいい感覚だけ拾ったらいい。貴女はとても体の反応が良い人だから、何の問題もなく初夜をすませられるはずだ」

そう言われて体から力を抜く。怖いことは何一つない、問題はないと、レイに言われるとなんだかすごく安心した。

「それに婚礼衣装の貴女はとても綺麗で、素敵で可愛かった。俺は改めて美しい女性を娶ったのだな、と見惚《みほ》れていたんだ」

優しく触れるようなキスが落ちてくる。媚薬の酒に酔って、媚薬の香に包まれて、そしてじんわりと塗りこめられた香油が肌を敏感にしている気がする。そこに誑《たら》し込むような甘い言葉だ。

「はぁ……気持ち、いいです」

思わず吐息が漏れた。彼の触れる手が、唇が心地いい。お酒のせいか体の力が抜けていて、心まで満たされているような気持ちになる。

「ベッドでの貴女もとても綺麗だ。艶っぽくて興奮する」

飾り気のない言葉がロマンチックではないと思う人もいるかもしれない。だがジェニファーは普段はすました顔をしている彼の、掠れて上ずった声に、いつもときめいてしまう。ゆっくりと彼が首筋に触れ、胸元に指を滑らす。

薄い絹とレースの下着は、ジェニファーの細身の体に沿って、仄《ほの》かに見える肌を艶やかに美しく見せていた。そっと薄目を開いてそれを確認して、彼の表情を盗み見る。うっとりとしたような顔をしているのは、彼も媚薬の影響を受けているからだろうか。なんだか普段より興奮している彼が愛《いと》おしくて、手を伸ばし彼の頭を優しく撫でる。

「今夜こそ貴女の全部を、俺のものにする」

顔を上げて目線が合う。恥ずかしくてドキドキするけれど、どこかで彼が与えてくれたこれまでの気持ち良さの先があるのだと気づくと、期待でゾワリとお腹の奥に欲望がたまっていくのを感じている。

レースの閨着は、リボンをほどけばすべてがさらけ出される形だが、リボンをほどかなくても閨ごとができるような形になっている。下着は細いひもで作られているし、胸元は二重になっていて、上のレースをずらすと胸が転び出る。彼はリボンを解かずに胸を出すと、硬くしこっている乳首にいきなり唇を這わせた。

「ひぅっ……」

ビクンと体が跳ね上がる。気持ち良くて、思わず声が出た。

（やだ、おかしな声が出ちゃった……）

やはりいつもより感じやすすぎる気がする。胸の先を食まれただけで、頭の中で火花が散って、それだけで軽く達して、湯に浸されたように腰を中心に体がじんわりと熱くなった。

「……今日のジェニファーはすごいな……」

軽く達してしまったのを見破られた。恥ずかしさでカッと頬が熱くなる。彼はたっぷりと濡れた唇を撫でて、改めて彼女にキスをする。興奮して唾液が溢れているのを絡めとられ、じゅるりと音を立てて吸われた。唇を食まれて最後の雫まで舐め取られる。

「もうとろとろの顔をしているね。ジェニファーの体は本当に素直で愛おしい」

次の瞬間、囁かれた言葉に胸がきゅっと締め付けられた。

（愛おしいって……どういう意味だろう）

大切に思って、愛してくれていると言う意味だろうか。そうであったらいいと、媚薬に侵された心と脳は、自然とそんなことを考えていた。

「もっとキスがしたい？」

唇は半開きのまま、小さく頷く。彼は小さく笑って唇を寄せてくる。受け止めるようにして彼の唇を味わう。ちろちろと上あごを舐められて、歯列をなぞられると、もっと欲しくて、足りない感覚で彼の頬を撫でる。瞬間、レイは彼女の胸を大きな手で包み、じっくりと撫で上げて中指と親指で頂点を絞るようにした。

「んんっ、ぁっ……」

キスの最中だから声が上げられない。それなのに彼はわざと唇を覆い、胸の先を指先で転がして人差し指で撫でる。

「うぅっ……んんんっ」

バタバタと暴れても彼はそれを上から乗せた体で抑え込み、キスをしながら器用に胸を攻め立てる。

「んっ……、ぁあぁっ！」

ようやく解放されて声が高く上がる。口を覆われてされる愛撫は苦しいのに、なんだかドキドキして気持ち良くてたまらない。

「ジェニファーは、加虐《かぎゃく》されて喜ぶ性癖がありそうだな」

濡れた唇を妖艶に拭いながら彼は笑う。その笑顔が普段の彼と違って、少し怖くてドキドキする。

体を起こした彼は脇腹を撫で、先ほどからクズクズと疼いているお腹の上を撫でて、柔らかく微笑んだ。気づけば未だに彼は眼鏡をかけたまま、ガウンすら脱いでいない。

自分だけ乱されているのがなんだか切なくて、彼のガウンを引っ張ると、彼はそれを脱いだ。彼は下穿き以外の衣装を身につけておらず、既に下穿きの下は大きく張りつめて、盛り上がっていた。その大きさを見て、ドクンと胸が激しく鼓動する。

(今夜は……あれを受け入れるんだ……)

今まで与えられた快楽の先があると見せつけられたようで、じりじりとする。それが目前に迫った瞬間、怖いような不安なような、けれど試してみたいような誘惑と好奇心もむずむずとこみあげてきた。

(そっか。怖がるより、したくなるように今までレイに仕向けられていたんだ……)

そう思うと彼のしたたかさが怖いと思う一方で、どうせすませなければならないことならば、少しでも良い感情で迎えられる方がいいのだろうとも思う。

「まずは、貴女が気持ち良くなれるようにしなければな」

彼は、彼女の下肢を大きく開き、彼女の大切な部分を覆っていた布を紐解《ひもと》く。すべてがあらわになった瞬間、期待でヒクリとそこが収縮して、とろりと蜜が溢《あふ》れ出す。

「あぁっ……」

恥ずかしいのと、気持ち良さとで声が上がる。彼はじっとそれを見つめていた。

「いつもよりぐじゅぐじゅになっているな。媚薬が良く効いているらしい。だからいつもよりたくさん乱れても当然のことだ。全部貴女のために媚薬を用意させた俺が悪い」

意地悪いのに、甘い笑みを見せられて胸がキュンと高鳴る。彼のことを最高に素敵だと思ってしまう自分がいる。

「ジェニファー、気持ちいい?」

何か考えそうになったとたんに、彼は彼女の襞《ひだ》を開き、人差し指と中指で撫で上げた。とろとろに溶けているから、ちゅくりという淫らな水音が聞こえた。

「あ、あっ」

今まで彼自身を受け入れたことはないものの、彼の指は何度も中まで触れている。そして彼のごつごつした指で擦られる悦びももう知っている。彼は何も言わずそのまま彼女の秘所に顔を寄せ、開いた指の間にあった彼女の愛らしい芽を舌で味わう。

「あ、あ、あ、あっ」

彼の舌の動きに翻弄されて、ヒクンヒクンと体が跳ね上がる。ねっとりした舌がすごく気持ちいい。舌先で柔らかく触れたり、押しつぶすようにされたり、刺激が変わるたびに新たな愉悦がこみあげてくる。だから彼の髪を掴み体を震わせて、あっという間にまた悦楽の淵《ふち》に追い込まれていく。じゅるじゅると音を立てて吸われ、繊細で感じやすい芽を甘く唇で食まれ、舌で転がされると、頭の中で白い風船がパチンとはじけるような感覚がした。

「んんんっぁ、ひぁ、ぁ。きもち、い、の……」

淫らで甘えるような声は、普段のジェニファーからは想像もできない、二人しか知らない彼女の女を曝け出す喘ぎだ。

「そう、いい子だ。そんなによかったのか。ではもっと感じさせてあげよう」

快楽を伝えると、彼は柔らかい笑みを浮かべて嬉しそうに笑う。その表情がとても淫らで素敵で、やっぱり胸とあそこがキュンキュンしてしまう。ジェニファーは快楽に浸《つ》かりながらも、愉悦を拾うために意識がますます覚醒する。

愛液でぬらぬらと濡れている唇を手の甲で拭いた彼は、それでもかたくなに眼鏡をはずそうとしていないから、つい気になって聞いてしまった。寝る時は眼鏡を外すくせに、彼はベッドで彼女とこうしている時は眼鏡を外したがらないのだ。

「あの……眼鏡をはずさないの？」

尋ねると、彼は妖艶に目じりを撓《しな》らせて笑った。

「眼鏡をはずしたら、可愛いジェニファーが乱れる様子が見られなくなるじゃないか。初夜を迎えるジェニファーの様子は、どんなことがあっても絶対にこの目で見たい」

「――っ。レイ、そんなのっ」

ダメと言おうとしたら、まだ達しているのに、ゆっくりと指を入れて、中と上から快楽の芽を中心に柔らかく刺激してくる。

「俺の指をジェニファーの大事なところが捕まえて、きゅうきゅうと締め付けている。貴女の快楽の芽は、ピンクの真珠のように張り詰めて艶やかに光沢をはなって、本当に愛らしい」

「あ、ぁ、だめ、ま、た……っちゃう、イっちゃう、からぁ」

恥ずかしいことを言われながら丹念に刺激される。逃げ出したくても抑え込まれて中と外から刺激されて、淫らな言葉を囁かれると、また体が快感に耐え切れずびくびくと震える。彼はそんな彼女を楽しそうに唇を歪《ゆが》めて見つめた。

「最近は中でも達せられるようになってえらいな。大分中も緩んでいるし、もう俺を受け入れてもらえるだろうか」

そう言うと彼は下穿きを脱ぎ、彼女のレースの衣装を取り去る。裸体になった二人は、今までずっとしてきていなかったことに挑戦することになる。

「大丈夫、痛みは大分少なくなっているはずだ」

そう言われてもやっぱり少し怖い。けれどもさすがの彼も今夜は容赦せず、自らの男性器を宛《あて》がうと、それをゆっくりと蜜口に押し付ける。

「あぁっ……」

怖いのと同時に期待が高まる。重量のある彼の一部が、蜜口にぴったりと重なり、ギシギシと中に入ってくる。中まで溶けているはずなのに、その大きさに緊張で息が止まりそうになったジェニファーは、痛みをこらえる時のように自然と息を吐き出し体の緊張を緩める。

「あぁ、賢いな。ジェニファーは。そうやって体の力を抜いていたら、きっと良くなってくる」

優しく髪を撫でられて、柔らかい表情の彼に見つめられ、彼が中に入ってくるのを受け入れる。鈍い痛みはあるような気はするけれど、もともと痛みに強い性質であるジェニファーはそこまで酷い痛みを感じずに、彼のすべてを受け入れた。

「……大丈夫か?」

心配そうに見つめられて、彼の優しさに何故か涙が溢れてきた。

(レイが好きで結婚したわけでもないのに、どうして?)

まるでずっと恋しく思っていた夫と初めて初夜を迎えるみたいな気持ちだ。涙を零した彼女を見てそっと頬を撫で、愛おしげな表情で彼女の額にキスを落としてくれる彼に、なんだかとても幸福を感じている。

(これが女性としての幸せ、なのかな)

だとすれば初めて知った気持ちだ。大好きとか、愛しているとかはわからないけれど、ジェニファーは彼と結婚して、今まで知らなかった自分の感情を知ることができてよかった、と思った。

「はい、大丈夫です。私の夫がレイで……良かったなって思って」

そう言った途端、気持ちが高ぶり、ぶわっと涙が溢れてきて、咄嗟に指先で拭う。潤んだ瞳で見上げると、彼は裸の体でそっと彼女を抱きしめた。

「あぁ、俺もジェニファーが俺の妻になってくれて、本当に良かったと思っている。貴女は俺にとってとても大切な存在だ」

そう言うと微笑み、彼はもう一度額にキスをした。愛しているとか好きだとかは、まだわからない。けれど自然とジェニファーは彼のうなじに手を伸ばして、ぎゅっと彼に抱き着くとなんだか心が温かくなる。そうして二人は重なったまま、何度も口づけを交わしたのだった。

第五章　姫様の輿入れ前にすませておくこと

　ぐっすり眠りについているジェニファーを見て、レイはその柔らかい頬を撫でた。自分の手があまりにも優しく動くことに、そして自然と笑みを浮かべていることに、未だに不思議な気がする。

「あぁ……。ここまでが本当に……長かった……」

　だが待った甲斐《かい》はあった。彼女の寝顔を見ていると、ついそう声が漏れていた。

　彼女の中で果てた彼は今、ずっと堪え続けていた欲望を心から満たされて、最高に幸せな余韻に浸っている。

（耐えるのが予想以上にしんどくなったのは、ジェニファーの反応が素直で可愛すぎるからだ）

　妻に関することは、いつもレイの予定通りになんていかない。気づけば後手後手に回らされてしまう。けれど他の人間にされたら限りなく不快なはずなのに、彼女の場合、それが妙に心地良いのも不思議だ。

　そもそもジェニファーに突然の結婚の申し込みをされたことは、様々な状況を想定して動くことが習い性になっているレイとしても、あまりに想定外過ぎて正直度肝を抜かれた。だが彼女から事情を聞けば、彼女の提案は非常に合理的な話だと理解できた。

そして彼女は知らなかっただろうが、レイも皇太子が結婚を決めたことで、国内で結婚の圧力が増していて、いい加減自分自身も選択の時期が来ていることを理解していた。

（ただし、国内の情勢を考えれば、相手選びは慎重にならざるを得ない）

いっそ国内のどの権力とも結び付かない女性を娶るのが最良なのかもしれない……。そう考えていたところに、ジェニファーの申し出があったのだ。しかも彼女は明らかに焦っていたから、その場で彼女の手を取らなければ、きっと他の男を探しにいくだろうことは予想ができた。

瞬時にそこまで判断したレイは、即座に彼女の申し出を受け入れた。そこには恋愛など甘ったるい事情など絡みようもなかったのだが……。

あの湖での遠乗りの時は、早くゼファーラスに来てほしいという自分に都合が良い話を、主人を思う良い提案だと言って笑顔で飛びついてきた。突拍子もない行動を取るが、単純で扱いは楽な女性だ、と最初は思っていた。

だがどんなときも彼女の迷いのない素直さと前向きさが妙に小気味良くて、今まで知っているどんな女性とも違っていて、気づけば思っていた以上に彼女への好意が増していた。

（だがジェニファーはいつも二言目には『クローディア様、クローディア様』と言うものだから。……主人第一主義で忠誠心が強いのはジェニファーの美点だと思うが、なんだかモヤモヤが止まらない……）

いつしか彼女の主人第一主義について、そう感じるようになった。ジェニファーはレイ自身もアイザック第一主義だと思っているようだ。しかしレイにとってアイザックは大切な主君ではあるが、ジェニファーのような絶対的な忠誠心を持つ相手というわけではない。

（まあ……だからこそむきになってしまったんだろうな……）

ゼファーラスに戻る直前、彼女の幼馴染みという男と彼女が一緒にいるのを見かけた。

彼が彼女を好いていることは誰の目にも明らかで、それでさらに彼女をおいて故郷に戻るのが、急に不安になった。

（アイザック殿下のためにも、ジェニファーの手綱はしっかり俺が握らないと。だがあのじゃじゃ馬の手綱なんて、どうやって握ったらいいんだ？）

自分達は愛し合って結ばれる関係ではない。お互いへの気持ちなどという曖昧なものは何の役にも立たないのだ。

それなのに、気づけば常にジェニファーのことばかり考えてしまうようになっていた。

（まあ結婚することまでは決まっているし、三ヶ月もすれば彼女がこちらに来る。来てからお互いの関係を強固にすればいい。別に今から焦ることはない）

そう自分に言い聞かせていたある日、偶然町でとある男達の会話を耳にした。

『快楽堕ちって言うらしいんだけどさ、俺はもう彼女にメロメロなんだ』

下町の店で、平民の補佐官達と共に酒を飲んで会話している時に、隣で話していた騎士達の会話が耳に入ってきたのだ。

恋人に気持ちの良い閨事をされて、骨抜きになってしまったという男の話だ。『快楽堕ち』という言葉を聞いた瞬間、妙に心がざわめいた。

（いっそ、堕《お》としてしまおうか）

彼女は単純で、考えるより体が先に動くタイプだ。であれば、気持ちの良い恋人同士の触れ合いをすることで、快楽を求めるようになってくれるかもしれない。

（そうすることが、この国の役に立つんだ……）

将来の皇后の筆頭侍女。それはジェニファーが思っている以上に大きな権力を持つ存在となる。その価値を考えれば、ジェニファーを利用しようとする欲深い権力者などに、決して手を出されてはいけない存在だ。

（よそ見など絶対にできないように、俺が完璧に掌握すべきだ）

そう理性的に考えている一方で、あの自由ではつらつとした女性を、閨で支配するという考えは、どうやら少々歪んでいるらしい自分の性癖にがっつりと刺さってしまった。

（使うか使わないかは、ジェニファーの反応次第だが……）

それからはいろいろな情報を集め、『気持ちいいこと』を閨で行えるように徹底的に調べた。それこそ、市場で媚薬香を買ったり、艶めいた下着や目隠しを用意したり、マッサージのテクニックや、彼女の感受性を高めるようなことを探しては準備していた。そして彼女が来てからは計画通り彼女を快楽堕ちさせるために強《したた》かに実行するようにした。

『あの……そんな風習はゼファーラスにはありませんし……。一応ジェニファー様が確認を取っても、否定しないように侍女達には言い含めますが、くれぐれもブラック家の品位を下げないようにお願いいたします』

などと侍従長などには少々注意を受けてしまったし、主人で上司でもあるアイザックにすら、『ジェニファー嬢を掌握するのは大事だが、その……あんまり無体なことはしないように』とやんわりと釘を刺されてしまったが……。

（だが、これからも閨を共にして、もっと深くジェニファーを堕とすべきだろうな……）

すでにその理由を自分に問う気もない。ただ……彼女のすべてを手に入れたいだけだ。

今夜自分のすべてを受け入れてくれた彼女の、幸せそうな寝顔を見れば、形から始まって体で深まった関係とはいえ、自分達の相性は決して悪くないし、彼女を愛おしく思う気持ちはますます強まっている。きっと自分達は契約で始まったとしても、幸福な結婚生活を送れるのではないか、とそんな期待をレイに抱かせる。

なにより自分のところに飛び込んで来たジェニファーの勇気と、即決できた自分の決断力を褒めたい気持ちになったのだった。

＊＊＊

目覚めた途端、穏やかに微笑む夫に抱き寄せられて、ジェニファーはらしくなく胸がきゅんとときめいてしまった。ドキドキしながら視線を上げる。

（ついに……レイと結ばれてしまった）

けれどその記憶は想像以上に幸せで、上出来すぎる素敵な初夜だったと思う。

（レイも……そう思ってくれたらいいのだけれど）

昨日の夜ジェニファーのすべてを手に入れた彼は、恍惚《こうこつ》の表情を浮かべ、最後彼女の中に情熱をほとばしらせると、幸せそうな顔をしてジェニファーを抱きしめてキスをしてくれた。その後余韻を楽しむように二人はベッドで共に寝転がり、忙しかった一日を終えて、とろとろと眠りについたのだ。

目覚めたあとは、互いに軽く汗だけ流し着替えをすると、侍女に寝室に食事を持ってこさせて、ソファーに座り並んで食事を取った。ゼファーラスでは新婚初夜から丸一日は、できる限り二人で過ごすのが一般的らしい。

「昨日は……辛くなかったか？」

「はい……筋肉痛もないですし、破瓜の痛みも思ったほど強くなかったです」

何となく使い慣れない筋肉を使ったようなぎくしゃくとした感じはあるものの、昨日の媚薬のおかげか最中の痛みはほとんどなかった。さすがに今朝の鍛錬はパスしたのでゆっくり眠れたし、体力的にはまったく問題がないと思う。さばさばと答えたジェニファーを見て、レイは少しだけ心配そうな顔をした。

「……そうか、さすがジェニファーは体力があるな。でも無理はしないでいいから」

（こんな初夜の翌日ですら色気のない私に呆れないでいてくれて、やっぱりレイは優しいな……）

レイに軽くキスをされて、改めて自分達は新婚なんだ、となんだか照れ臭いような気持ちになる。

「はい、ありがとうございます」

「ところで、結婚を機に、貴女に一つ提案したいことがあるんだが」

「はい、なんでしょうか？」

だがそんな新婚らしい甘い空気の割には、彼は『提案』などという硬い言葉を投げかけてくる。初夜の翌朝に何だろうか、と首を傾げていると、レイは真面目な顔をして話し始めた。

「早速だが、俺はこれからできる限り貴女と閨を共にしたいと思っている」

「はい？」

それは……どういう意味だろうか。だが話の内容と違って彼は真面目な様子で話を続けた。

「何故なら俺は、早くジェニファーとの間の子供が欲しいからだ」

昨日のあの熱っぽい感じは朝日が差し込むこの部屋にはない。侍女に窓を開けさせて、媚薬の香りの残る寝室の空気の入れ替えをしたおかげで、清浄な朝の空気に入れ替わっている。

彼の話は聞きようによっては色っぽいが、お互いの表情は真剣そのものだ。なんだか事務的な雰囲気に気落ちする。だが一瞬で気を取り直したジェニファーは、口元に手を当てて彼の言わんとすることの意味を理解しようとした。

「貴族の義務として、子供を作ることに励むのは当然ですが……。これからクローディア様がこちらに嫁いでくる時に、私が妊娠していては、皇太子殿下ご夫妻にご迷惑をおかけするかもしれません」

「そうだな、先に一つ確認しておきたいのだが……。例えば今すぐ妊娠したとして、健康な貴女であれば妊娠期間に体調を気遣いつつ、クローディア様の結婚準備を行うことは可能だと思うのだが……。貴女はその辺りはどう考えている？」

彼の言葉にしばらく考える。サザーランド家は比較的安産家系で、お産時でのトラブルを身内であまり聞いたことがない。ゼファーラスに来る前に受けた医者と産婆からの検査でも、お産に関して特段の心配はないだろうと言われた。それにジェニファー自身も体力には自信がある方だ。そこまで考えて彼女は彼の言葉に頷いた。

「そうですね。確かに妊娠中でも、お役目は果たせそうな気がします」

「もちろん辛い時は重要な判断だけして、動くのはそれこそ他の侍女達に任せることもできるだろう。……そして貴女が早く妊娠することは、皇太子殿下ご夫妻に大きな益があると俺は考えているんだ」

彼の言葉にジェニファーは軽く首を傾げた。

「どういうことでしょう？」

「俺達夫婦の間に子供ができれば、ご夫妻のお子様にお仕えできる次世代を育てることも可能だし、我々の子供が皇太子夫妻のお子様を支えるご学友になることもできる。その上、貴女は二人のお子様の乳母になることもできるかもしれない」

その言葉を理解した瞬間、ジェニファーはぱっと表情を明るくして、大きく目を見開いた。

「素敵なお話です！　私、そんなこと、まったく考えていませんでした！」

皇太子の子となれば、乳母は教育係も含めて複数名選ばれることになるだろう。確かにジェニファーには育児経験がない分不利だ。だがクローディアが信頼できる近しい関係にあるということで、皇太子妃に先駆けて出産を終えていれば、その複数名のうちの一人になれる可能性は確かにありそうだ。

「そういうことでしたら私、子作り、頑張ります！」

先ほど一瞬気落ちしたのも忘れ、そう声を上げていた。

（ゼファーラスで出産育児をすることになるクローディア様は不安よね。そんな時に同じ母親として、私が話を聞いて差し上げることができれば……）

悩んだり迷ったりしながらも、子育てに関して共感してくれる相手がいれば、きっとクローディアの大きな心の支えとなるだろう。

（そこに気づくレイって、やっぱりすごい）

夫の心遣いは、大切な主人に仕える人間として、学ぶべきものがたくさんある。思わずキラキラした眼差しで彼を見て、彼女は深々と頷いた。

「レイ、本当に貴方の先見性のある視点、尊敬いたします」

胸の前で硬く拳を握り、彼女は夫を見つめてうっとりとしながら笑顔を見せた。尊敬の念を伝えることは、彼女としては夫に対する最大の愛情表現のつもりだ。

「私、クローディア様より先に子供を授かれるように頑張りたいと思います！　そして不安な妊娠期間や子育て期間に、クローディア様のお隣で何でも話せる、寄り添える存在になりたいとも考えています。レイ、ぜひ協力してください。今夜からでも！」

内容は生々しい夫婦生活のおねだりなのだが、純粋な目標を見据えているジェニファーが、きらきらと目を輝かせると、彼は満足げに微笑んだ。

「そうだ、それにご夫妻が仲良くなれるように、俺達がまだ協力できる余地はたくさんありそうだ。これからも俺はジェニファーと共に、お二方の幸せな夫婦生活のために、いろいろ試行錯誤を重ねたいと思っている。それには、まず俺達夫婦が心身共に愛し合う夫婦になるべきなんだ」

真剣な彼の瞳を見て、ジェニファーはそっと彼の手を握りしめた。

「私もまったく同じ気持ちです。私達二人で、あの素晴らしいお二人の幸せのために、頑張りましょう！」

＊＊＊

その日から、子供を早く授かれるようにと、毎晩のように彼らは夫婦としての時間を持つようになっている。

「ジェニファー、今日はこれを持ってきたんだ」

そう言って日々、彼がベッドに持ち出してくるものは、二人の性生活を充実させるような様々な道具だったり衣装だったりする。だがジェニファーは普通の女性なら眉を顰めてしまうようなものも、全部受け入れようと考えている。ジェニファーがアドバイスをしたとしてもアイザックに対して行うかどうかを最終的に判断するのはクローディアだが、提案や相談のための知識はいくらあっても無駄ではないと考えているからだ。

「今日は何を持ってきてくださったんですか？」

夫婦の閨ごとはお互いの関係を良くするためにとても大切なことだ。というレイの薫陶が行き届いているジェニファーは、そういったものに対しても何の疑いもなく、どちらかといえば夫が出してくるものに興味津々だ。

「今日は香油なんだが……安らげる効果があるらしい」

初夜に使ったオイルとは違って、今日の香油はリラックスできるようなものなのだという。お互いにマッサージすることで、慈しみ合えるのではないかと言われてジェニファーは頷く。

（確かに性的な関係を築くもの大事だけど、お互いへの愛情や思い遣りは何より大事よね）

条件で始まり、体で深めている関係に、気持ちまで伴えば磐石《ばんじゃく》だろう。そこが一番不足していることを理解しているジェニファーは彼の言葉に頷く。

「でしたら、いつも頑張っているレイに、私は感謝の気持ちを込めて、マッサージしてあげたいです」

新婚だということもあって、このところ早めに帰ってきてはいるレイだが、皇太子の最側近という立場は本当に忙しいのだ。侯爵邸に戻ってきていても、常に書類を片手にしている状態だ。その上、皇太子の結婚後五年以内に皇帝位を移譲するという話も出てきているらしく、さらにレイは今後重責を任される予定らしい。

（旦那様が出世することを喜んでくださいって、侍女達は言っているけれど、正直レイの体調の方が心配……。だから私は自分の仕事をして、少しでもレイの仕事を減らしてあげないと）

そんなジェニファーはゼファーラスに来てから、日中はクローディアの新生活のために、居住空間の確認をしたり、あと新しく侍女として皇太子宮に入る人達との打ち合わせをしたりしている。

（でも私より、皇太子殿下のご成婚の準備に追われているレイの方が間違いなく疲れているよね……）

少し目の下にくまがある彼の顔を見て、ジェニファーは気遣いを彼に感じさせないようににっこりと笑った。

「さぁ、ガウンは脱いでください！　眼鏡も預かります。私マッサージは得意なんです」

彼女がやる気満々の様子を見て、彼は下穿きだけの状態で、ベッドの上に腰かける。彼の肩にオイルをたらしながら、ジェニファーは彼の肩をしっかりと揉《も》み解《ほぐ》していく。父に小さな頃からマッサージの方法を教えられて、お小遣い目当てにマッサージをしていたジェニファーだが、父の筋肉質の凝り方と、レイのそれとは違うことに気づいた。

「人によって凝り方が違うんですね」

思わずそう言うと、彼は一瞬黙り込んでしまう。それからチラリと彼女を振り返り見上げて尋ねた。

「……人によって？」

「ええ。騎士は筋肉で凝り固まっている感じですけど、レイの肩はこう、鉄板が入ったような凝り方をしていて……文官で頭を使う作業が多いからなのかな……って」

首筋から肩までゆっくりとほぐしていく。鎖骨の下辺りまで強く撫でさすると、彼は気持ちいいのか小さく唸った。

「少しはリラックスできそうですか？」

腕の辺りも凝ってはいるけれど、どちらかと言えば首筋から頭にかけての凝りが酷い。香油を手に広げて、ゆっくりと後頭部からこめかみに向かって揉み解していく。

「気持ちいいな……。ジェニファーはこういうことに慣れているんだな。……故郷で騎士の幼馴染みとかにしてやったのか？」

幼馴染みとは誰の事だろうと首を傾げつつ、目を瞑っている彼のこめかみから眉頭まで指の腹でじっくりと押していきながら答えた。

「いえ、父にです。小さな頃からよく頼まれて……。父の場合は頭脳労働ではなく、純粋に筋肉疲労な感じでした」

その言葉を聞いた瞬間、彼は安堵したように深く息を吐く。

「なるほど。義父上と比べていたのか……」

そう言いながら彼は唇の端が上がる。気持ちいいのか、自然と笑みを浮かべているらしい。なんだかその表情が可愛らしくて、ちょっとした悪戯心が湧いて、横を向いている彼の唇の端にキスをした。

すると彼は瞑ったままの目じりを緩め、さらに笑みを深めた。

「ええ、そうですよ。それ以外の誰がいるんですか？」

未婚の女性が男性の体に触れる機会なんてあるわけない。確かに剣術稽古の時などは男性とぶつかることはあるけれど、少なくともこんな風な触れ合いなんて、するはずないに決まっている。と彼に言うと頷いた。

「……そうだ、そうだよな……」

彼はぼそりと何かを呟く。

「……なんでそんなことが嬉しいんだ、俺は……」

「え。なんですか？」

尋ね返すけれど、彼は小さく笑みを浮かべて顔を横に振った。

「せっかくだから、背中から腰にかけて解してもらっても構わないか？」

「もちろん。喜んで」

ベッドに寝そべった彼のお尻から太ももの上に腰をおろし、彼の肩甲骨から腰の辺りまで揉み解すと、彼は再び気持ちよさそうに声を上げた。

「結婚なんて全然興味なかったんだが、こんな風にしていると、ジェニファーにあの日声をかけてもらって本当に良かったな、と思うな」

彼が心底くつろいだ様子でそう言うから、なんだかすごく嬉しくなってしまう。胸の中が何だかぽかぽかするのだ。良くわからない感情に名前をつけることなく、じんわりと幸せを感じている。

「私も、レイに声をかけて本当に良かったです」

あの日、勇気を出してよかった。結婚なんて興味がなかったけれど、今こうして彼と一緒にいるとなんだかとっても嬉しい。そんなことを思いながら、彼の腰を揉みほぐし、お尻の辺りもぐりぐりと押していると、彼は枕に口元をうずめ、くぐもった声を上げている。

「どうかしましたか？」

彼女の言葉に彼はにっこりと笑って、彼女の手を掴んで自分の股間に持って行く。

「――っ」

「貴女のマッサージが上手すぎて、こんな状態になってしまったんだが……」

「そ、そんな風になるようなマッサージなんて、してないです！」

慌てて顔を左右に振って、恥ずかしくて両手で顔を隠す。だが振り向いた彼にその手を取られると、あっという間に体勢が逆転させられてしまった。

「貴女が俺の太ももに弾力たっぷりの、魅力的なお尻を乗っけているのが悪い。マッサージは気持ち良かったが、貴女はいつだって可愛いし、途中から気もそぞろになってしまった。……ということで、今度は俺がマッサージしてあげよう」

にんまりと笑った彼は、仰向けになったジェニファーの足を開いてその間に腰を落とした。既に下穿きを押し上げるほどそそり立つものが目の前に現れると、ついごくりと唾を飲んでしまう。

「遠慮しなくていい。俺の可愛い妻が喜ぶなら、好きなだけマッサージをしてやろう。さあ、どうしてもらいたい？」

わざと体を倒して、その硬い部分をジェニファーの感じ易《やす》い部分に押し付ける。

「ちょ、どこを何でマッサージするつもりなんですか！」

真っ赤になったまま睨みつけると、彼は嬉しそうに笑う。

「どこで、何を揉みほぐしてほしい？　言わなかったら、俺が好きなようにするから、ジェニファーはひたすら気持ち良くなっていたらいい。俺がすごーく気持ち良くしてもらったようにな」

「レイ、なんでそんな……っ。や、そこっ……」

にっこりと笑った彼に翻弄されて、気づけば今夜も最後には、ベッドでぐずぐずに愛されてしまっていた……。


「……レイ、起きてますか？」

そんな夫婦として幸せなひと時を過ごした後、ジェニファーは彼の腕枕の中で声をかける。互いに裸だ。普段ならそのまま眠ってしまうジェニファーだが、今日は少しだけレイに相談したいことがあったのだ。つい……夫婦のあれやこれやで流されそうになっていたが、できたら今夜中に話しておきたい。

「ああ、何か……あったのか？」

彼の言葉に彼女は起き上がり、ガウンをはおると水差しに水を入れて彼に渡す。喉が渇いていたのだろう彼が水を飲んでいる間に、ジェニファーもコップ一杯の水を飲み干した。

「いいえ、イリス様について、ちょっとお話を伺いたくて……」

「何か厄介事でも持ちかけられたか？」

彼はベッドに腰かけて彼女の話に耳を傾ける。

「いえ……あの今日の日中のことなんですが……」

彼女は彼に相談するために、昼間皇太子宮であったことを思い出していた。


クローディアの婚礼まであと三カ月。

皇太子宮では、もともとクローディアに仕えていたジェニファーとナンシーの他、数名の侍女がクローディアの輿入れの前の準備作業を行っている。

そこには先日のパーティでジェニファーとひと悶着《もんちゃく》あったハンター伯爵令嬢イリスもいて、他にも二名ほどゼファーラスの貴族令嬢が侍女となることが決まっているのだが……。

「先日申し上げたように、クローディア様のお好みの寝具は、もう少し軽い羽毛で仕立てた布団なのですが……。そもそも真綿の布団を使われたことがないので」

ジェニファーが用意した布団に関してイリスに指摘すると、彼女は眉を顰めてため息をついた。

「ゼファーラスでは、布団にしっかり真綿を入れるんです。鳥の毛なんて使ったふわふわした布団では、布団にまともな綿を詰めることもできないと批判されてしまいます。それにご存じないでしょうが、ゼファーラスの冬は寒いので、羽毛なんてものでは寒さは防げません」

渡り鳥の羽毛を使った最高級のかけ布団だ。綿よりは暖かいのではないかと思うのだが、反応は芳《かんば》しくない。クローディアは綿の布団では重たくて、寝ている間に肩が凝ってしまう。ここは譲れないとばかりにジェニファーは一歩イリスに近づく。

「だったら二つ用意しましょう。どちらを使っていただくか、クローディア様にお決めいただければいいのでは？」

「そういうことではありません。輿入れされるのであれば、ゼファーラスの様式にあわせていただきたいのです」

イリスの言葉に、ジェニファーはナンシーと目くばせをする。

（一事が万事、こんな感じ……）

些末《さまつ》なことですら、いちいち反対意見を述べてくるのだ。そして残り二人のゼファーラス貴族令嬢も、実家が裕福で公爵令嬢の取り巻きであるハンター伯爵令嬢には、どうも意見が言い辛いらしい。

こういった時は消極的であってもイリスの味方をする。

「そうですね。やはりゼファーラスの様式に全部あわせていただいた方が……」

などとぼそぼそ言っている令嬢達にもジェニファーは苛立ちを感じる。

（決めることはいくらでもあるのに、一つ一つ足を止めさせられるとか……）

イライラとしている空気が伝わっているのか、ナンシーがそっとジェニファーの肩を叩いた。

「ジェニファーが言っているように二つとも用意したらいいじゃないですか。真綿の布団と、羽毛の布団。両方あれば用意できなかったという話にはなりませんし、布団をご使用になられるのはクローディア様です。私達侍女が、皇太子妃殿下に『これをお使いください』と指図するなど、そちらの方が不遜ではありませんか？」

ナンシーが冷静に尋ねると、ゼファーラス側の侍女達は「でも」「それは違うんじゃ……」などとぐちぐち言っている。それを見たジェニファーはため息をつき、筆頭侍女として結論を出す。

「時間がありません。綿入れと羽毛、二つ布団を用意しましょう。……次は部屋着と部屋で使われる調度品についてです。候補となる調度品を納入する業者を呼んできてください」

ジェニファーの言葉に、不満たっぷりなイリスがわざとらしくため息をついた。

「まったく、ゼファーラスの常識がわかってない人が筆頭侍女とかそれこそゼファーラス皇室に対する不遜ではありませんか」

そう言い捨てるとそのまま部屋を出ていく。慌てて他の侍女二人もイリスの後を追った。

「なんなの、いったい！」

ジェニファーは怒りがこみあげてきて、思わず唸るような低い声を上げる。

「なんか、皇太子妃付の侍女のくせに、輿入れ準備の邪魔をしに来ているみたいよね。やっぱり国外からの皇太子妃っていうのが納得できない人が多いんでしょうね……」

ぶつぶつと文句を言っているジェニファーの肩を、ナンシーがポンポンと叩き宥める。

「とはいえ、クローディア様がこちらにいらっしゃるまで、あまり時間がないから何とかしないと。ねえ、ジェニファー。蒼氷侯爵様に何かいいアイディアないか相談してみたら？」

確かに夫ならばゼファーラス貴族にも詳しいし、良い案を考えてくれるかもしれない。ジェニファーは思わずナンシーの顔を見て頷く。

「そうね、レイに聞いてみるわ」


ジェニファーは寝室のソファーに並んで座りながら、夫に昨日の昼間にあったことを話した。

「……というわけで、レイがお忙しいのは重々承知なのですが、何かいい方法がないかなって思って」

本当は自分の力不足を認めるみたいで少し情けない気持ちだ。だがこれ以上準備が遅れるわけにはいかない。夫に尋ねると、彼は顎の辺りに手を当てて、何か考えるような表情をした。

「皇太子妃の輿入れ前の準備の邪魔をするような侍女は、本当はクビにしてしまいたいところだが」

眼鏡の奥の蒼い目を細めて、酷薄な笑みを浮かべる。

「でも、ぎりぎりゼファーラス側の言い分を代弁しているような話しぶりですし、そこまで深刻な状態じゃないのが余計にややこしくて……」

「まあ、そうだろうな。彼女達も問題を起こすほど愚かではないだろうから」

「それにここでソラテスから来た私達と、ゼファーラス貴族の侍女達の間で揉《も》め事《ごと》が起こると、それこそクローディア様の評判が下がったり、ひいてはアイザック殿下にもご迷惑をおかけしたりするんじゃないかって……」

ジェニファーの言葉に、彼は小さく頷くような顔をした。

「わかった。何とかしよう。今日の貴女達の予定を教えてもらえないか？」

レイの言葉にジェニファーは頷いて、侍女達の今日の予定を報《しら》せたのだった。

＊＊＊

「まったく、ソラテス王国の方々って強情よね」

ゼファーラス皇国の名門伯爵家の令嬢であるイリスは、残されている侍女二人に声をかけた。

今日はクローディア王女が輿入れ後に使用する衣装の準備で、皇太子宮の衣装室に侍女達が集まっている。ジェニファーとナンシーがデザイナーを迎えに出るため席を外しているので、あの女達に気遣う必要もない。歯に衣着せぬイリスの言葉に、ゼファーラス出身の侍女二人は一瞬顔を見合わせ、それからイリスの顔色を窺うように頷いた。

「やっぱり貴女達もそう思っていたのね」

（貴族の夫人であれば夫側に万事あわせるのが筋でしょうに）

それなのにジェニファーという女は、二言目には「クローディア様の」「クローディア様は」「クローディア様に」とそればかりだ。

（そもそもあの女、ソラテス王国で行われた皇太子殿下の婚約披露の宴で、一方的にレイに告白したとか。本当にはしたない。結局王女の権力を笠に着て、自分の好き勝手にしたいだけでしょう）

苛立ちで強ばる顔をわざと笑顔にして、目の前の二人を引き込むように囁きかけた。

「ねえ、貴女達もジェニファー様には困っているわよね」

具体的な名前を出すと、二人はもじもじもじしつつお互いの顔を見合わせているばかりだ。まだ安全圏にいたいと思っているのだろうか。

（ゼファーラス貴族なら、私の味方をしなさいよ！）

「まぁったくジェニファー様は、図体《ずうたい》だけじゃなくて態度まで大きくていらっしゃって。しかも朝から騎士と一緒に鍛錬までしているんですって。そのうち肩幅も騎士並みまで大きくなるに違いないわ」

冗談めかして言うと、その姿を想像したのだろうか、侍女達はついというように小さく噴き出した。そして二人と目線を合わせ、イリスは楽しげにくすくすと笑い合う。

そもそも皇太子アイザックとレイ・ブラック侯爵は、ゼファーラス皇国の社交界において最も人気のある独身男性貴族だった。だが国内の皇太子妃候補となっていたのはエドモンド公爵令嬢ロゼリアだったから、さすがに彼女に対抗しようという女性はいなかった。

その分、皇太子の側近で、未来の宰相と言われていた蒼氷侯爵レイを狙う令嬢は引きも切らない状態となっていた。

（けれど並み居る貴族の中でも、立場から言ってもブラック侯爵家に嫁ぐには、私が一番ふさわしい存在だったのに……）

確かに現時点で互いの家の関係はいいとは言えない。だが自分達が結婚すれば、力のある侯爵家と伯爵家の二つが縁を結ぶこととなり、国外の皇太子妃など迎えずとも、ゼファーラス皇室を支える大きな力となっただろう。それに一時は彼女がレイの妻になるということで、話が決まりそうだと父から言われていたのだ。

イリスの目論見通りであれば、エドモンド公爵令嬢であるロゼリアが皇太子妃となり、ロゼリアと自分がゼファーラス社交界を引っ張って行ける。そのためにロゼリアに協力していたのだ。

（それがアイザック殿下と隣国の王女の婚姻だなんて……。その上レイまでが、ソラテス王国の女と結婚するなんて……そもそもあの二人、愛情なんて皆無の政略結婚なのが見え見えなのよ）

だがその割に二人の関係は悪くないという話ばかりが流れてくる。公爵邸から侯爵家に入れた侍女までがそういった報告をしてきているとロゼリアから聞いた。まあそんなもの用意周到なレイのことだ、それなりの益があると思って受け入れた結婚話なら、余計な噂をばらまかれるような失態はおかさないだろう。……実際の夫婦関係はどうであれ。

（そもそもあの女だって、王女のためにレイのところに嫁いで来ただけ。だったら、箱入り娘で甘やかされたクローディア王女が、ゼファーラスから泣いてソラテス王国に戻るような状況になればいい。そうすればジェニファーもレイと離婚して帰るだろうし、そうしたら私は……）

イリスの考えは単純だ。ロゼリアもソラテス王国の王女を追い返すために、彼女をクローディアの侍女になるように言ったのだから。

（まずはゼファーラス側の侍女を味方にして、輿入れ準備の邪魔をしてやるわ）

イリスが新たに決意を固めていると、扉の向こうから声が聞こえてきて、パッとイリスはそちらに視線を向けた。

「では、こちらで衣装を確認させてくださぃ……」

ジェニファーとナンシー達が目的の人物を連れて衣装部屋に戻ってくる。皇室御用達のデザイナーであるメドウズ夫人とその使用人達だ。彼女達は早速トルソーに衣装を着せて、侍女達のチェックを待った。

「先日確認した絹を使った部屋着ですね……」

ゼファーラス産の最高級の絹を使った衣装だ。ナンシーは近づいて来ると、部屋着を見て満足げな声を上げた。彼女は母親がゼファーラス貴族ということで、クローディアの侍女としてこちらに来たらしい。

（この女、こっちに引き込めないかしら……）

あのじゃじゃ馬女と違って、ゼファーラスの文化も良く理解している。イリスはナンシーを見ながら策略を練る。

「はい、こちらの服は居室でゆっくりと時間を過ごせるように仕立てさせていただきました」

メドウズは衣装を紹介しつつ微笑む。だがイリスから見ればソラテス王国の様式である衣装は、ゼファーラス皇室にふさわしくない形で露出も多すぎて見苦しい。ゼファーラスの特徴である上着を重ねるような形にもなっていない。

ジェニファーとナンシーを押しのけるようにして、イリスはデザイナーに直接声をかけた。

「メドウズ夫人。お久しぶりです」

「イリス様、お久しぶりです。先日は当店でたくさんお買い上げいただきまして、ありがとうございました」

皇室御用達のデザイナーが作る衣装は、ゼファーラス社交界でも人気だ。当然イリスも注文をしたことがあるし、裕福なハンター家はメドウズの大事な顧客でもある。親しげな笑顔でメドウズは挨拶をしてくる。それに対してイリスは無表情で尋ね返した。

「ところで、せっかくのゼファーラス最高級の絹生地がそのような仕立てになるなんて残念ですわ……どうしてそんな品のないデザインでお作りになったんですの?」

贔屓筋《ひいきすじ》でもある令嬢からの痛烈な言葉に、一瞬メドウズは何と答えるべきか躊躇うような表情をした。

「こちらは部屋着ですので、普段クローディア様がゆったりと身に着けられるように、ソラテス王国風のものを用意していただくように夫人にお願いしたんです……」

ナンシーが取りなすように声をかけるが、イリスは首を左右に振ってわざとらしくため息をつく。

「たとえ部屋着だとしても、ゼファーラス皇室にふさわしくない衣装を、皇太子妃殿下が身につけるなんてあり得ませんわ。しかもそんなみっともない衣装……」

高級な絹のため仕立ては薄く軽やかになっている。これでは体の形が露《あら》わになるだろう。指差してそう言うと、ジェニファーが一歩前に進んで声を上げた。

「ご心配いただかなくても、ゼファーラス皇室の基準に合わせて、この衣装も作っていただいております。確かに形はソラテス王国風のデザインも取り入れてはいますが……」

ジェニファーの言い訳を聞きながら、イリスはジロリとメドウズを見て圧をかける。

「理解できません。メドウズ夫人ともあろう人が、何故こんな野暮《やぼ》ったいデザインを引き受けたのですか！」

「さきほどから、みっともない、野暮ったいとは、どういう意味で発言していらっしゃいますか？メドウズ夫人のデザインはとても素敵でクローディア様もお気に召してくださると思いますが」

ジェニファーがイリスの煽りに、カッとしたように顔を赤くして言い返してくる。それをどう翻弄してやろうかとイリスがひそかに笑みを浮かべた瞬間、ガヤガヤと複数人が話す声が近づいて来て、ハッと顔を上げた。

「ずいぶんと騒がしいね。どうかしたの？」

ひょいと顔を覗《のぞ》かせたのは、あろうことか皇太子本人だ。しかも後ろから付いてきているのはレイだった。ぎょっとしてイリスは口を閉じた。

「皇太子殿下、失礼いたしました」

慌てて膝をついて頭を下げる侍女達に、アイザックは気さくに声をかけた。

「顔を上げてくれ。私の妃の輿入れのための準備に手間をかけさせているね。本人がいないから苦労しているだろう？」

慰労の言葉に、侍女達は表情を柔らかく崩す。

「もったいない言葉、有り難く存じます」

そう言って頭を下げるジェニファーに、アイザックは笑顔で話しかけた。

「自分の好みは全部ジェニファーがわかっているから任せて欲しいと、クローディアから手紙が来ていた。ゼファーラス皇室としては、生まれ故郷を離れこちらに嫁いでくるクローディアが、日々心穏やかに過ごせることが最優先だ。もし貴女達が迷った時は、ジェニファーの意見をクローディアの意見として考えてもらいたい」

その言葉にイリスが顔を上げると、ジェニファーとレイが一瞬目配せをしていたことに気づく。

（やられた……）

自分の望むようにすべてを進められるよう、あの女がレイを通じてアイザックに伝えたのだろう。

そしてその意向を受けて、まさか皇太子本人が圧力をかけにくるとは……。

（相変わらずやることが図々《ずうずう》しいのよ、この女）

「……イリス嬢、ライラ嬢、スザンナ嬢、よろしく頼む。まだゼファーラスに慣れていないであろうジェニファー夫人と、ナンシー嬢を助けてやってくれ」

アイザックがそう言って微笑む。慌ててゼファーラス側の侍女達は頭を低くして頷いた。

「はい、畏まりました」

「特にイリス嬢、貴女がゼファーラス側では一番高位の侍女となる。ジェニファー侯爵夫人の意見はクローディアの意向を理解してのものだ。ゼファーラス出身の貴女にもいろいろ意見があるとは思うが、まずはクローディアがこちらの生活に馴染むまで、彼女の心の安定を最重視して側仕えをしてほしい」

名指しで、繰り返すようにアイザックに指示され、イリスは頷くことしかできない。それを満足げに見つめているレイに、イリスは黒い感情がジワリと胸にこみ上げてくる。

（私を捨ててこの女を選んだくせに、私にジェニファーと協力して、ソラテス王国の王女を支えろとでも言いたそうな顔ね）

イライラして手が震えそうだ。歯を食いしばりつつも、表面上は優雅な笑みを浮かべて笑ってみせる。

「……もちろんです」

だがここまではっきり言われると、輿入れ前の準備での妨害行動がやりにくくなる。皇太子と筆頭文官の登場に、目を輝かせているゼファーラス側の侍女達を見て、イリスは小さくため息を吐き出した。ゼファーラス側の侍女達の信頼が奪われたようで、思い通りにならない現実に正直げんなりとする。すかさずレイが声を上げた。

「貴女達も、申し訳ないがジェニファーの力になってもらえないだろうか。彼女は本当に主思いの一本気な人だから、たまに猪突猛進をするかもしれない。だが皇太子妃付の侍女に選ばれた優秀な貴女達の助けがあれば、クローディア様も輿入れ後、ゼファーラス皇室に馴染みやすくなるだろう。ひいてはそれがゼファーラス皇国のためにもなる。そう心がけてジェニファーをぜひ助けて欲しい」

キラキラした張りぼてのような美しい笑みを浮かべ、蒼氷侯爵はイリスが味方につけようとしていた侍女二人を一瞬で籠絡する。

（またそんな嘘くさい笑顔を見せて。心にも思ってないくせに）

見た目は整っているが、この男の中身は相当腹黒く、本性は狡猾《こうかつ》な策略家だ。だからこそ突然決まった結婚について、周りでは『一目惚れ《ひとめぼ》れだったのでは』『運命の出会い？』などと驚き騒いでいたが、実際はゼファーラス皇国と皇太子にとって、一番条件がよかったからレイは決めたのだろう。自分だけは彼の行動を正確に理解している。

（けれど……結婚前から毎夜のようにあの女とベッドを共にして、熱愛中に見えるとか……）

あのレイにかぎってあるわけない。イリスのことを『皇太子殿下にとってお役に立てる縁組みではないから』とあっさりと拒絶した男が、運命の出会いとか、そんな甘ったるい理由で配偶者を選ぶなんてあり得ないのだ。

ギリッと唇を噛みしめて、ジェニファーの横顔を睨み付ける。一方、レイに視線を奪われている二人のゼファーラス令嬢は笑顔で彼に迎合する。

「は、はい。もちろん。よろこんでジェニファー夫人の手助けをさせていただきます」

「クローディア様がゼファーラス皇室で、心地良く生活できるお手伝いを粉骨砕身させていただきます」

あっという間に寝返った二人は、レイの整った顔を見つめうっとりとしている。その間、ジェニファーは侍女達にやきもちを焼くこともなく、控えめに後ろに立って話を聞いているようだった。

「それでは失礼するよ」

彼女達の様子を見て満足したらしいアイザックは、侍女達に声をかけて部屋を出ていく。主君に続いて部屋を退室する直前、レイはわざわざジェニファーと視線を合わせた。そして先ほどまでのキラキラした胡散臭《うさんくさ》い微笑みではなく、『貴女のために頑張ったよ』とでも言いたげな、甘ったるい笑みを彼女に向ける。それに気づいたイリスは腹の底から名状しがたい苛立ちを感じた。

(まるで愛し合っている夫婦みたいなフリするのは、ホントやめてよね……)

立ち去った二人を見つめているジェニファーを見て、腹立ちを抑えきれないイリスはわざと近くに寄っていき、一言彼女に嫌みを言ってやった。

「アイザック殿下のためなら、レイは誰とでも結婚するのよ……。でもね、立場が一緒でもっと都合の良い人がいたら、貴女から乗り換えるかもね。だって貴女のことなんてこれっぽっちも愛してないんだから」

そう言った途端、高慢なジェニファーが確かに傷ついたような表情を浮かべたことで、イリスはわずかに溜飲《りゅういん》を下げたのだった。

第六章　新婚の二人に待ち受けていることは

レイが皇太子を連れて、侍女達の元を訪ねた日の夜。ジェニファーはレイに誘われて、一緒に入浴をしていた。彼に『夫婦は常に一緒に風呂に入って、背中を流しあうのが、ゼファーラスの流儀だ』と聞いたからだ。こちらの国ではそれが当然のことなのかと尋ねた時、例の初夜の準備をしてくれた侍女も、にっこりと笑って『もちろんでございます』と言ってくれたので、間違いないだろう。

「レイ、今日はありがとうございました」

彼の背中を洗いながら、ジェニファーがそう言うと、彼は彼女に背中を預けたまま尋ねる。

「上手くいった？」

彼の言葉にジェニファーが頷く。

「はい。あれからライラ嬢とスザンナ嬢が私達の味方をしてくれるようになったんです」

衣装室に突然皇太子が来たことにもびっくりした。だがクローディアを大切にして欲しいという言葉と、レイのダメ押しが効いたらしく、イリスに同調して扱いの難しかった侍女二人は、ジェニファーの意見に耳を傾けてくれるようになった。そうなればイリスも強く意見を押し出すことはできない。今まで何かを決めようとするたびに、反対意見で滞っていたのが、ぐだぐだと時間伸ばしをするような話し合いはしないですむようになった。

　お陰で今日は一気に仕事が片付いたのだ。

（まあ、たしかにイリス嬢には少々嫌みっぽいことも言われたけれど……）

『貴女のことなんてこれっぽっちも愛してないんだから』

　捨《す》て台詞《ぜりふ》のように言われた言葉が、何故か今もまだ頭にこびりついている。けれど自分達は最初から契約ではじまった結婚だ。今更そんな言葉に傷つけられたりなんてしない。そう自分に言い聞かせて、ジェニファーはわざと笑顔を見せた。

「おかげでなんとかクローディア様が来るまでにすべての準備が整いそうです」

「それはよかった」

「やっぱりレイは頼りになりますね。相談してよかったです。でも……わざわざアイザック殿下まで御足労いただいてしまって、その点は本当に申し訳なかったですが」

　だがジェニファーの言葉にレイは首を横に振った。

「いや、俺は執務の合間に殿下とちらっと世間話をしただけだ。けれどそうしたらアイザック殿下が直接、輿入れ準備の様子を見に行きたいっておっしゃって。……殿下はクローディア様が来るのを本当に楽しみにしていらっしゃるから」

　振り向いたレイに柔らかく微笑みかけられて、ジェニファーは心が温かくなった。大切な主人がそんな風に望んでくださる人のところに輿入れできることになってよかったと自然と笑顔になる。

「もう輿入れまでさほど時間もないが、俺が手伝えることがあれば、遠慮せず言って欲しい」

夫の頼りになる言葉が嬉しい。ジェニファーはにこりと笑って答える。

「ありがとうございます。私にも何かできることがあれば言ってくださ い」

彼女の言葉に彼は何かを企むように笑みを浮かべる。

「ああ。まあ今の俺の望みは、ジェニファーとのんびり湯に浸かりたい、ということだな」

体につけていた石鹸《せっけん》を流すと、彼はジェニファーを連れて湯船に向かう。侍女達はこちらには来ないように申しつけているので二人きりだ。

(夫婦で風呂に入る時はそういうものだって言われたけど……)

二人で風呂に浸かろうと誘われ、普通に向かい合って座るつもりだったのに、何故か手を引かれて彼の足の上に跨がる格好になっていた。その上……。

(な、なんか、当たるんだけど……)

チラリと湯の中を見れば、すっかりとその気になっている男性の象徴がある。恥ずかしくてかぁっと一気に熱がこみ上げて来て、視線を逸らしもじもじとしていると、彼は彼女の腰に手を回したまま、彼女の肩口にキスを落とす。

「俺の奥様は、何か気になることでも?」

悪戯っぽく笑う夫の顔は少し意地悪だけれど、毎回ジェニファーの胸をキュンとさせる。

(なんでうちの旦那様はこんなにカッコいいかな。……本当に私が妻になってよかったのだろうか)

契約結婚で結ばれた夫とは、普段の会話でも仲がいいし、夜の生活も順調で、何の憂いもないはずだ。それなのにたまに谷間に落ちるみたいに、急に不安になってしまう。でも今は彼がさりげなく自分自身を彼女に押しつけてくるから自然と気が逸れて、代わりに目の前の男性の名前を赤面しつつ呼ぶ。

「もう、レイってば……」

困ったような表情をする妻を見て、彼は嬉しそうに笑う。

「ジェニファー、今日は風呂で……しようか。仲の良いゼファーラスの夫婦なら良くあることだから、俺達もたまにはいいんじゃないか？」

言い聞かせるように耳朶に熱っぽい吐息が当たる。

「……え、でもお風呂でなんて……」

ときめきとドキドキで心臓の鼓動は跳ね上がるのに、口先では少し抗うような言葉を口にする。すると彼はダメ押しをするように彼女の目を見つめた。

「それに……何があのお二人のお役に立つかわからないからな」

きっとジェニファーが頷きやすいとわかっていて言っているのだ。そう思う一方で彼の言葉が、まるで自分達の夫婦関係が皇太子夫妻のためのものだ、と突き放されたように思えてしまう。今まではそれが当然と考えていたのに、近頃はその事実を認識するたび、胸に棘《とげ》のようにチクンと刺さるような気がする。一瞬意地の悪いイリスの顔が脳裏に浮かび、慌ててそれを打ち消した。

「……そうですね。きっと……仲の良い夫婦なら、普通のことなんですよね」

自分の経験をクローディアが幸せになるため利用してもらえたらいい。それがこの結婚の目的だったはずだ。それなのに最近何故か彼の言い方を少し寂しく思ってしまう自分もいるのだ。

（……変なの、私）

自分の不条理な感情に首を傾げていると、彼は彼女をぎゅっと抱き寄せた。

「何より俺は、今ジェニファーが欲しいんだ」

顔を仰向かせて目を合わせると、彼は彼女自身を望むような言い方をするから、その言葉に胸が甘く疼く。こんな風に言ってくれた方がずっと嬉しい。でもそう話したら彼は困るだろうか。そんなことを考えながら、そっと彼の唇に自らのそれをあわせる。

湯を浴びたせいで、水に濡れた夫の髪が艶っぽい。湿った彼の髪を軽く掻《か》き上げると、普段は見えない額が露わになって、自分しか知らない彼が目の前にいるのだと確信できた。

（そう。邪魔するようなことばかり言ってくるイリス嬢の言葉は、冷静に受け止めないとだめ。レイとどっちを信じるかなんて、考えるまでもない）

彼は今まで一度もジェニファーを裏切ったこともないし、いつだって彼女に親切にしてくれている。きっと……妻としてだって大切にしてもらっていると思う。

「それとも今日はそんな気分にはなれなさそう？」

黙り込んでしまったジェニファーを見て、申し訳なさそうにレイに尋ねられて、ハッとする。

「大丈夫です。それに私だって……レイに求めてもらったら嬉しいですから」

にこりと笑って彼に抱き着く。少なくとも今、彼は自分しか見ていないし、彼の妻はこの世に自分一人なのだ。

彼がねだるようにキスをしてくる。とろとろに溶けるように口づけて、お尻の辺りを撫でられて、不安だった気持ちが体に触れられて、なんだか慰められているような気分になった。

(結局、快楽にごまかされているのかもしれないけれど……)

「ジェニファー、貴女はいつも可愛いね」

甘くて艶めいた視線を向けられれば、ドキドキしてしまう。閨での彼はとても色っぽくて素敵なのだ。レイに触れられるといつだって嬉しくて、幸せな気持ちになってしまう。

(ってこれ、もうほとんど好きって言っても過言じゃないかも……)

突然閃《ひらめ》いた言葉に、否定できずに代わりに心臓の鼓動が速度を増していく。

(そっか、私。……いつの間にかレイのことが好きになっていたんだ……)

そのことに今更気づいて胸がきゅっと締め付けられるような気持ちになった。彼は素敵な人だし、いつだって優しいし、それにジェニファーの大切な夫だ。当然好きになってておかしくない。

(でも、レイは最初の話通り、契約で結ばれた関係だって思っているよね)

だとしたら自分の感情を一方的に押しつけて、何かを得ようとするのは契約違反だ。きゅっと唇を噛みしめると、彼は小さく笑って唇を食んだ。

「いやだったらいいよ、本当に。ジェニファーの気持ちを大事にしたいから」

あっさりと体を離そうとする彼の首の後ろに手を回し、ぎゅっと抱き着く。すると彼は小さく笑って彼女を強く抱き返してきた。

「今日の貴女は、いつもとちょっと違うね」

何か答えなければと思うのに、何を言っていいのか迷う。そして何かを口にすれば、余計なことを話してしまいそうだ。そんなことを考えつつ彼の濡れた胸に自らの胸を押し当てて、強く抱きしめられていると、もうそこが浴室であることは気にならなくなっていた。

(レイが、欲しい……)

それなのに、不安だからわざと逆に尋ねてみる。

「レイ、私が欲しいですか?」

彼の唇にキスを落とし、そう聞くと彼は妖艶に笑んだ。

「もちろん。わかっているんだろう?」

眼鏡をかけていない彼の目は、アイスブルーなのに何故か熱っぽい。その熱っぽさが自分のせいだといいなと思いながら、ジェニファーは位置を決めて、そそり立つ彼をゆっくりと飲み込んでいく。中をぞろりと擦り上げられる感覚に、たまらなくて声が上がる。ほとんど愛撫もしていなかったのに、既に濡れていた自分がはしたないように思えて、余計に感じてしまう。

(こんな……淫らな私が妻で、本当に彼はいいのだろうか……)

好きだと気づいたら、なんだかすべてが不安になる。

「あの……私として、気持ちいいですか？」

彼女の問いに、彼は目を細めて感覚をゆっくりと堪能するような艶めいた表情を浮かべた。

「あぁ、もちろん。ジェニファーの中は、熱くてとろとろしていて、締め付けがキツくて最高だ。本当に貴女は最高の体を持っている」

蕩《とろ》けるような声で褒められると、嬉しくてきゅうっと彼を包み込む中が収縮した。彼の大きな手がお尻をゆっくりと持ち上げ、落とすようにすると同時に下から突き上げられた。ズトンとお腹の奥まで一気に刺激が来て、思わず息を詰まる。

「ひぁんっ」

「もう一度腰を上げて」

激しい刺激に目の前がチカチカしながら、言われた通り腰を浮かせる。彼の張り出した部分は大きくて立派だから、外れそうな程持ち上げると、中がたっぷりと擦り上げられて、気持ちいいところにあたって、たまらず喘いでしまう。ギリギリまで抜いて、もう一度欲しいと自ら腰をおろす。ゆらゆらと何度もその動きを繰り返しているうちに、だんだんたまらなくなってきた。

「あぁ、レイ、すっごく……きもちっ」

「ジェニファーは素直で可愛い。もっと……気持ち良くなりたい？」

彼の言葉にコクコクと頷いてしまう。先ほどまでの切ない気持ちは、彼に抱かれることで体だけは完璧に満たされてしまうのだ。

「舌を出して……」

　言われて舌を差し出すと、絡まされながらキスをする。

（レイとキスをすると、いつだってとろとろになっちゃう……）

　お腹の中がぐずぐずと疼く。口の中も彼が入っているところも、溶けてしまいそうなほど気持ちいい。もっともっと欲しくて口を大きく開けて彼の舌を受け入れながら、腰を大きく浮かしては何度も打ちおろし、硬くて熱い彼をもっと感じたいと淫らにお尻を振っていた。

「ジェニファーが俺のを銜《くわ》え込んでいるな。そんなに気持ちいい？」

「いぃ、い……の、あぁ、すごく……好き、なの……」

　恋だと自覚した途端、彼の与える快楽はジェニファーの心にも結び付いて、いつもよりもっと深いところから愉悦を引きずり出して行く。もうそこが浴槽の中であるとか、彼が口にしない愛の言葉とか、そんなことも気にならなくなる。彼によって大きく押し開かれて、擦り立てられたそこがたまらなく気持ちいい。脳が白く溶けていくみたいだ。彼を取り込んだそこが、ひくひくと締め付けると、押し寄せてくる快楽に溺れる。

「あぁ、あ。ああっ、ふっ……ん、い、の。もっと……いっぱい、して……」

「もう止まらないな。ジェニファー、中で出すぞ」

　耳朶を打つ言葉に、ドクンと心臓が跳ね上がり、ぞわりと全身に愉悦が走る。

「……おね……い、いっぱい、出してっ」

淫靡なおねだりをしながら、ジェニファーの中は彼を絞り取ろうとさらに収縮した。冷静だったはずの彼の呼吸が、はぁ、はぁと荒くなり、速度を増していく。下から激しく突き上げられて、ジェニファーは体をぐっと反らした。角度が深まり突き刺さったそれは、彼女の最奥でビクビクと収縮し、熱いものが溢れてくる。

「ジェニファー、貴女は最高の妻だ」

愛しているの言葉の代わりの誉《ほ》め言葉をもらって、ジェニファーは愉悦の果てに、ほんの少しの寂しさを感じていたのだった。

＊＊＊

夫の気持ちが気になりつつも、比較的順調な毎日を送っているジェニファーだが、今日は夫のことを考えている余裕もなく、ドキドキそわそわしながら皇太子宮の前でナンシーと並んで、やってくる馬車を待っている。

「なんとか準備が間に合って良かったわね」

ナンシーの言葉にジェニファーは頷いた。

「途中までイリス嬢に邪魔されてばかりで、どうなることかと心配していたけど、あれ以来スムーズに作業が進むようになってよかったわ……」

「でも相変わらずジェニファーに対しては嫌味《いやみ》を言ったり、指示に素直に従わなかったり……正直誉められた態度じゃないけどね」

「まあ……誰にでも相性っていうのはあるから。それに彼女、ゼファーラス貴族にはとても顔が広いし、クローディア様にとって良い侍女であれば、私への態度については気にしないわ」

「そうね。そういう意味では役に立っているから。でも……警戒はしておいた方がいい気がするの」

「もう、ナンシーは心配性だなあ」

小声で会話する二人の少し先にいるのは、皇太子とレイだ。数歩後ろに控えているのは、皇太子の護衛をするルフト子爵と皇宮騎士団の騎士達。

ジェニファー達の後ろには、ほかの皇太子宮の侍従、侍女達が並んでいる。どこにイリス嬢やハンター伯爵家に近しい人間がいるかわからない。当然二人は顔を近付けて、こそこそと話をしている。

「でもレイのお陰で、本当に助かったわ。私がクローディア様の婚約披露パーティで相談した時に、レイの名前をナンシーが出してくれて、すごく感謝してる」

彼の背中を見ながら言ったジェニファーの言葉にナンシーはうーんと小さく唸った。

「確かに味方にできれば一番いいと思って言ったけれど……。でもゼファーラス貴族達の評判では、強かな参謀気質な人で、恋愛どころか、感情すら外に出すタイプじゃないって聞いていたから。でもこの間の様子を見たら、噂と実際の人柄にいろいろと違和感があって……」

彼女はぼそりと呟く。

「あの方、ジェニファーに骨抜きにされるようなチョロい人じゃないって思ってたんだけど、実際のところはどうなの？」

慎重そうに聞かれるが、そもそもレイを疑ったことのないジェニファーは少し首を傾げた後、にこりと笑って答えた。

「多分、レイはアイザック殿下のためになることを最優先にしているのだと思うわ。私もクローディア様のお役に立つことが最優先事項だし。そういう意味で利害が一致しているの。私もレイはいい人だと思うけれど、そもそも恋愛感情で結び付いた関係じゃないし」

微笑みを浮かべ、できるだけ自然に見えるようにナンシーに答えながらも、チクチクとなんとも言えない引っかかりを感じている。

（そう、私達は条件が合うから結婚したの。それ以上何を求めるというの？）

レイは文句のつけようもないほど優しいし、いつでも妻として自分に気づかってくれている。そう自分を納得させていると、ナンシーはそんな彼女の気持ちに気づいたのか、少し複雑そうな表情で頷いた。

「そう、ジェニファーが問題を感じてないのならいいの。でも……」

ナンシーが何かを言いかけた瞬間、馬車が姿を現した。

「来た！」

走り出したい気持ちを抑え、ジェニファーは限界まで背伸びをして、ゆっくりと車止めに向かってくる馬車を見つめている。先頭には贈り物を積んだ馬車が二台、そしてジェニファーの大切な主人であるクローディアが乗った豪奢《ごうしゃ》な馬車が皇太子の前で止まった。さらに後ろにはもう三台、荷物用の馬車や、人が乗せられた馬車が到着する。

ジェニファーはクローディアが降りてくるのを今か今かと待っている。レイは一瞬振り向くと彼女を見て柔らかく微笑んだ。そんな二人の様子を彼の心境を窺うかのように、ナンシーが見つめているが……。

馬車が止まり扉が開く。レイがそうしていたように、アイザックは自ら足場に上がり自分の花嫁を迎えに行った。

「ようこそ、クローディア。貴女が来るのを一日千秋の思いで待っていました」

手を差し伸べて微笑みかける皇太子に、白魚のようなたおやかな手が乗る。ゆっくりと立ち上がり足場に降りてきたクローディアを見て、ジェニファーは声を失った。

（クローディア様、なんだか以前より大人びて、淑女の美しさが増した感じがする。ますますお綺麗になって。……でも相変わらず小鳥のように愛らしくて、百合の花のように優雅で品が良くて、素敵）

微笑み合う皇太子とその婚約者の王女の姿を見て、どこからともなく、ほうっとため息が漏れていた。「なんて愛らしい姫君かしら」とか、「お似合いの二人ね」という声が聞こえてうる。クローディア様の愛らしさは万国共通で人々の心に感動を与えるのだわ、まあ当然のことなんだけどと納得し、それでもやはり少しホッとした。

「ジェニファー、ナンシー。今まで私が不在の間の準備をいろいろありがとう。これからもよろしくね」

アイザックのエスコートを受けながらも、二人の侍女の前を通り過ぎる時は、にっこりと笑って声をかけてくれた。再び最愛の主人に仕えられることが嬉しくて、ジェニファーはぶわっと涙が出そうになった。気づくと後ろにいたレイが、よかったな、とでも言いたげにそっと肩を叩く。

「感無量のところ申し訳ないんだが、皇太子殿下とクローディア王女殿下に、お茶の準備をしてくれないか？」

早速の彼の言葉に頷いて、ジェニファーはナンシーと共に小走りで応接室へと向かったのだった。


お茶の準備をすませたジェニファーは、皇太子とクローディアが向かい合っている様子を見て、ほっこりとしていた。

「クローディア、疲れただろう？」

「いえ、アイザック殿下が直接迎えに来てくださったので、疲れが吹き飛びました」

さりげなく手を握り合い、微笑み合う二人の様子は、ずっと会えなかった恋人同士のような甘やかな空気が流れている。

（クローディア様が急に大人びて、以前よりさらに美しくなったのは、アイザック殿下のおかげかしら……）

アイザックとクローディアが頻繁に手紙のやりとりをしているということはレイからも聞いてい

た。そうした手紙のやりとりの中で、二人は結婚に向けて気持ちを高めていたのかもしれない。

「ようやく貴女を私の妃として迎えられるのがとても嬉しいよ」

「私もアイザック殿下の元に来られたことが、本当に嬉しいのです」

周りに侍女達がいる環境に慣れている生粋の王族の二人は、まるでその場に二人しかいないかのように頬を寄せ合う。思わず見ている自分達の方がドキドキしてしまうくらいだ。

「貴女に会えて幸せだ。愛しているよ。クローディア」

「……私も……私も殿下のことをお慕いしています」

衒《てら》いのない甘い言葉の応酬を聞いていると、なんだか恥ずかしいのに、胸がキュンとして切なくなる。ふとレイはどうしているだろうと思って視線を向けると、彼はじっとアイザックの様子を見つめていた。瞬間、胸の奥になんともいえないモヤモヤとするものを感じていた。

(幸せな光景を見ているのに……なんでだろう……)

温かい気持ちになるはずが、なんだか心の中がザワリとして、不安な気持ちになる。

(そういえば、私とレイが再会した時は、こんな風にはならなかったな……)

契約結婚だから当然なのだ。そう思っていた。けれど……。

(なんだか胸の辺りがすっきりとしないな……)

そんな思いを抱えながらレイを見ていると、自然ともう一つの視線にも気づく。それはイリスがレイを見つめている目だ。ひたむきな視線を見ていれば、彼女がレイのことが好きで、今も諦め切れていないのではないかと思えた。

（もしかしたら私も同じような目で、レイを見つめているのかもしれない）

彼の妻の座についているのは自分で、子作りという名目で毎晩のように閨を共にしている。それは自分がクローディアの最も近しい侍女で、夫婦で皇太子夫妻を支えたいというレイと目的が一致しているからだ。

（レイはアイザック殿下が一番大切。私はクローディア様が一番大切。それでまったく問題ない、はずだよね……）

それなのに、なんだか息が苦しくて、慌ててクローディアの方に視線を向け直した。中途半端に自分の中にあるレイへの好意に気づかなければ、何の問題も無かったのに。たまらずレイから視線を逸らしたちょうどその時、アイザックはクローディアの手にキスをして、名残惜しそうにソファーから立ち上がった。

「さて、執務の途中で抜けてきたから、一旦仕事に戻るよ。また晩餐の時に会おう。それまでは少しゆっくりしていて……」

そっとクローディアの頬に触れて、額にキスをする。クローディアはくすぐったそうに、けれど幸せな雰囲気をまとった華やかな笑顔を顔いっぱいに浮かべた。

「ありがとうございます。では……また後で」

部屋を出ていくアイザックを、立ち上がって扉のところまで見送るクローディアの後をジェニファーも追った。ようやくジェニファーの方に一瞬視線を向けたレイは、外向きに浮かべる笑顔を見せるとアイザックの後に付いていく。

「……ジェニファー、ナンシー」

彼らを送り出すと、クローディアがくるりと振り向いて二人の名前を呼んだ。

「はい」

「はい、なんでしょうか」

返事をした途端、クローディアは両手を広げ小走りで二人の元にやってくると、そのままぎゅっと抱き着いた。主従の垣根を越えた突然の行動にびっくりして、ジェニファーはクローディアに抱きしめられたまま、声を上げていた。

「ク、クローディア様?」

するとクローディアは身長の高いジェニファーを見上げてにっこりと微笑んだ。

「ジェニファー！　私、ようやくゼファーラスに来たわ。不安に思っていた私のために、結婚までしてゼファーラスに来てくれて、いろいろ準備をしてくれて本当にありがとう。お陰で余計な心配をせずに、生まれて初めての異国に旅立てたの。だから……これからもよろしくね！」

昔から良く知っている、愛らしすぎる天使の微笑みを向けられて、ジェニファーは先ほどまでの鬱々とした気持ちが吹き飛んだような気がした。

「こちらこそ、よろしくお願いいたします。クローディア様の元気なお顔を見られて、本当に嬉しいです」

うるっと涙が浮かんできてしまう。するとクローディアも目にいっぱいの涙を浮かべ、こくりと頷いた。それからナンシーの方に向き直る。

「ナンシーも最初にゼファーラスまで付いてきてくれるって表明してくれて、ありがとう。ゼファーラスに入ってずっと私の到着を待ってくれて……本当に心強かったわ。これからもよろしくね」

ナンシーにそう声をかけると、彼女も嬉しそうにクローディアに笑顔を向けつつも、穏やかに答えた。

「ありがとうございます。私もジェニファー同様、クローディア様がいらっしゃるのをとても楽しみにしてお待ちしておりました。早速ですが、クローディア様。ゼファーラス皇室が用意してくださった侍女達を紹介させてください」

そうだ。クローディアが休むにせよ、晩餐の準備を始めるにせよ、まずはクローディアに仕えることになった侍女達の紹介をするのが最優先事項だろう。そう思ってジェニファーはもう一度、クローディアにソファーに座るようにお願いすると、クローディア付の侍女達を紹介することにした。

「クローディア様、ゼファーラスの貴族令嬢でこのたびご婚礼にあわせて、侍女となった方々です」

声をかけると、一番前に立っていたイリスから自己紹介が始まった。

「クローディア様、私はハンター伯爵家から参りました、イリスと申します。以後お見知りおきを」

笑顔を浮かべて丁寧に礼をする。あの日アイザックに釘を刺されてからイリスは行動を改めた。とはいえ相変わらず気は強く、ジェニファーへの対抗心は隠しきれていないのだけれど。

（もともと有能で仕事はできるし、私が不足しているゼファーラスの風習や習慣に詳しい。私のことを多少嫌っていても仕事に支障がなくて、クローディア様に忠実に働いてくれる人だったらまずはこのままで問題なさそうだよね）

そんな風に考えていると、続いてライラ、スザンナと挨拶をしていく。こうして側近となる侍女との挨拶を終えると、疲れたから晩餐までしばらく横になりたいというクローディアの希望に、急いで寝巻きを用意しベッドに案内する。先日の話し合いの通り、綿と羽毛の布団を見てもらい、どちらがいいのかクローディア本人に確認してもらう。

「もちろん羽毛布団にして。私、真綿の布団は重たくて肩が凝ってしまうの」

あれだけ揉めていたのも、クローディアが望めばあっさりと解決する。

（やっぱり両方とも用意しておいて良かった……）

ジェニファーはそう思いながら、羽毛布団を準備していると、クローディアがそっとジェニファーに尋ねてくる。

「新婚生活はどう？　ブラック侯爵は優しくしてくれている？」

くすくすとどこか楽しげに聞かれて、先ほどの一瞬感じた胸の痛みを思い出す。慌てて笑顔で頷いた。

「はい、とても優しくしてもらっています」

そう答えると、クローディアは笑顔のままだが、少しだけ顔を強ばらせた。

「あと二カ月ほどで私も結婚することになるけど……その前に聞かせて欲しいの。いろいろやっぱり心配で……」

初夜のことが不安なのだろうか。それとも結婚式についてだろうか。こういうことは二人きりの時に話した方が良いかもしれないと、笑顔で頷く。

「ええ、もちろんです。結婚式のこともその後の生活のことも、私でわかることがあれば何でもお答えいたします。でも内容が内容ですから、二人きりの時にでも……」

そう返答すると、クローディアは心の底からホッとした、という顔をした。

「よかった……。私にはジェニファーがいて……」

少しだけ緊張が解けた主人の様子に、改めて自分が結婚してこちらに来て良かったのだと思う。ベッドに横たわったクローディアの肩に羽毛布団をかけると、彼女は目を瞑った。

「お休みなさいませ、クローディア様」

昔からいつもそうしていたように声をかけると、クローディアはベッドの中で安堵したように力を抜いた。そして長旅を終えて疲れていたのだろう。さほど経たないうちに眠り始めたのだった。

第七章　やられっぱなしでは納得できません

「え。結婚する前から、そんなことをしていたの？」

　クローディアは後二カ月後に迫った結婚式に備えて、日々準備を行っている。そして結婚式を日前にして、やはり初夜のことは気になっているらしく、ジェニファーの時はどうだったのかと尋ねてきた。

（できる限り、いろいろな話を知っておいた方が安心よね……）

　そう思って恥ずかしさを堪え、結婚式前から徐々に彼と触れ合うようになっていたことも含めて、自分の経験を少しでもクローディアの負担を減らすためにと事細かに説明した。すると何故かすごくびっくりされてしまったのだ。

「あの……何かおかしいのでしょうか。私そういうことまったく知らなくて……夫は先に慣れておいた方が良いと思ったんでしょうね。お陰で初夜は怖い思いも、痛い思いをすることもなく無事すませられました」

　すごく気持ち良くなってしまった、なんて話は清純な姫君にはさすがに言えなくて、その辺りのことはなんとなくふわっと話をしただけだったけれど……。

「そう。そうなのね。ではきっと私の時も、そういったお香とかを焚いて緊張しないように配慮してくださるかしら……」

さすがに皇太子妃という立場では人目も多いし、結婚前にジェニファーとレイのような触れ合いをするわけにはいかないだろうけれど、当日、最大限の配慮はしてくれるはずだ。

「はい。それに、本当に怖かったら、無理に結婚した日に初夜を迎えなくたっていいと思うのです。レイも『怖かったら途中で止めてもらってもかまわない』と言っていましたし」

そう話をすると、クローディアは胸に手を押し当てて、ほうっとため息をついた。

「やっぱりジェニファーは、とてもブラック侯爵に愛されているのね」

にこにこと屈託のない笑顔を見て、先日の物思いを思い出し、なんだか少し切なくなる。

「そう、でしょうか……」

一瞬黙ってしまったけれど、こんなところでクローディアに心配させてはいけないと、わざとパッと明るい笑顔をしてみせた。

「私達、クローディア様とアイザック殿下が幸せになることを目標にタッグを組んだ仲間なので、絶対にクローディア様が最高の初夜を迎えられるように全力で努力しますから！　アイザック殿下はとてもお優しい方だとレイからも聞いていますし、何の不安もありませんよ。いざとなれば侍女を呼べますから、呼び出しのベルが鳴れば、いの一番にジェニファーが駆けつけます！」

自分の時にはちゃんと枕許《まくらもと》にベルがあったことを思い出し、きっぱりと告げると、クローディアは小さく笑った。

「そうね、そのベルを初夜の最中に鳴らしたら、それはそれで結構大変な事態になってしまいそうだけど……。でもいざとなったら、私にはジェニファーがいるって思って、あまり緊張しないようにするわ。それにジェニファーにそれだけ優しくしてくれたブラック侯爵が、アイザック殿下のことを優しいと言っていたのだもの。心配しなくてきっと大丈夫ね」

不安を口にして少しほっとしたのだろう。ようやくいつも通りの笑顔を見せたクローディアを見て、きっと新婚初夜も問題なく過ごされるだろうと、ジェニファーは確信していたのだった。

＊＊＊

だがその数日後、思いもしない形で事件が起きた。

ジェニファーが朝、侍女の勤務時間に皇太子宮に入ると、ナンシーが近づいてきて、そっと彼女の耳に口を寄せる。

「なんだかクローディア様の様子がおかしいの。本人は平気だって言っているんだけど……。ジェニファーと二人きりの状況にするから、様子を見てくれない？　まだ……寝室にいらっしゃるの」

あまり普段騒ぐことのない冷静なナンシーが、焦ったような様子で言ってくるのだ。よほど気になる状態なのだろう。室内にいるスザンナとイリスを見て、静かに頷く。

「体調が悪いとか？」

そう尋ねると、ナンシーは首を横に振った。

「一応、お医者さんを呼びましょうか、とお伺いしたのだけど不要だとおっしゃって。でもこんな時間まで寝室にいらっしゃるなんてこと、今までなかったから……」

普通の王女様であれば、たまにそのくらいのわがままを言い出してもおかしくないだろう。現にスザンナとイリスはさほど気にしていないようで平然としている。だが真面目で責任感の強いクローディアには今までなかった行動だ。

(何があったのかしら。昨日の夜の勤務はスザンナとイリスだったのね)

ナンシーは既婚者のジェニファーより一時間ほど早く勤務を開始しているので、それで一足先にクローディアの状況を理解できたのだと思う。

「わかったわ。私、クローディア様のところに行ってくる」

そうナンシーに声をかけると、彼女は頷いて帰り支度をしているスザンナとイリスに近づいていった。

(侍女達が知っている情報はナンシーが聞き出してくれるでしょう)

自分はクローディアのケアだ、とばかりに急いで主君の元に向かう。

「おはようございます。クローディア様」

普段ならこの時間に寝室にいることのないクローディアが、まだカーテンすら開けずにベッドの上に呆然《ぼうぜん》と座り込んでいる。それを見てジェニファーは思わず主人の元に駆け寄っていた。

「どうされたんですか?」

目は赤いし、眠っていなさそうな気配が濃厚だ。普段の彼女では決してありえない様子に、ジェニファーはそっとクローディアの手に触れた。

「しばらくこの部屋には誰も来ません。ジェニファーがクローディア様のお話を聞きますから、安心して話してください。……そんな辛そうな顔をして心が痛みます」

用意していた温かい蒸しタオルを彼女に渡すと、ほっと息を吐いた後、彼女はそのタオルに顔を押し付けた。

「どうしよう、ジェニファー……」

タオルに顔を押し付けたまま、震えるような声が漏れる。まるで泣き出しそうだ。

「大丈夫です。お話しいただければジェニファーが解決のお手伝いをいたしますから。ですから……何があったか教えていただけますか?」

そう繰り返して言うと、彼女は蒸しタオルから顔を上げて、ぎゅっとそれを握りしめて話を始めた。

「手紙を、拾ったの……」

「え?」

「……昨日の湯浴みの後、部屋に戻る途中に、見たことのない侍女がいたの。それでその侍女が私の横を通り過ぎる時に封筒のようなものを落としたの」

昨夜の担当は、やはりイリスとスザンナだったらしい。移動中ちょうど廊下に立つ護衛騎士から声をかけられて、侍女達が足を止めた時だったようで、本来ならそんな手紙を拾うことのないクローディアが、なんだろうと思って覗《のぞ》き込《こ》んだら……。

「『クローディア様へ、秘密の話です』って書かれていて……。だからつい私、拾ってしまって……」

顔を上げた時には、既に侍女の姿は見えなかったらしい。そしてその後は寝室に戻りイリス達が部屋を出ていくと、こっそりとクローディアは手紙を開いたのだという。

「……手紙には、エドモンド公爵ロゼリア嬢がアイザック殿下の恋人だって書かれていたの……」

ぎゅっとタオルを握った手が震える。ジェニファーはすっかり冷え切ったタオルを受け取りながら、そっとクローディアの肩に触れて優しく撫でた。

「手紙にはそんなことが書かれていたんですね……」

運悪く、その日の担当がイリスとスザンナだったから、クローディアは手紙を見た事実をすぐに相談できなかったのだろう。内容が衝撃的すぎて、昨夜は碌《ろく》に眠れなかったに違いない。そっと主の手を撫でて、落ち着かせるように柔らかく言葉を紡いだ。

「それはとてもショックでしたよね。……手紙に書いてあったのはそれだけ、ですか？」

そう尋ねると彼女は下を向いたまま首を横に振った。

「以前から、ロゼリア嬢が殿下の部屋から夜遅く出てくるのを見た人も何人もいて、二人の関係は公然の秘密だったって。当然結婚する予定だったけれど、ゼファーラス皇帝陛下が殿下と私との縁談を進めたために、二人はそうすることができなくなったって……」

それから彼女は顔を上げて、じっとジェニファーの顔を見つめて、その優しげな瞳にたくさんの涙を浮かべて言葉を続けた。

「ロゼリア嬢は、アイザック殿下の子供を身ごもっていたけれど、私のせいで子供を堕胎しろと迫られているって……手紙に書いてあって」

がくがくと震える彼女の様子に、ジェニファーは侍女の領域を超えるとわかっていても、咄嗟に彼女を抱きしめていた。

「……なんてこと」

心優しくて清廉なクローディアにとっては、夫となるアイザックの過去の恋愛事情すら衝撃的だっただろう。なのにそれどころか二人の間に子供ができて、自分がアイザックの元に嫁ぐことが原因でお腹の中の子供が殺されるかもしれないと知らされたのだ。

ぎゅっと抱きしめられてようやく張りつめていた気持ちが緩んだのか、彼女は身を震わせてほろりと涙を零した。痛々しい様子に胸が締め付けられる。

(本当に……アイザック殿下がそんなことをしていたら、たとえレイが殿下を支えるつもりがあったって、私は絶対に許せない)

まずは状況を確認しなければと思いながら、ハンカチでクローディアの涙を拭った。

「大丈夫ですよ。それで……その手紙はどこにありますか?」

まずはその手紙を確認しようと尋ねると、クローディアは顔を左右に振った。

「……見当たらないの……」

彼女の言葉に、ジェニファーは目を瞬かせた。

「ないって……どういうことでしょうか？」

「わからないの。昨日の夜見た手紙は、今朝にはなくなっていたわ……ベッドの枕元においていたのに……」

その言葉にジェニファーは唇を噛《か》み締《し》めて思案する。

（つまり、クローディア様をこれだけ動揺させた手紙は、朝には誰かによって持ち去られたってこと？）

手紙が残っていれば、誰がどんな目的でそれを書いたのか調べる材料の一つにもなっただろうが、その証拠すら残っていない。

「……だからもしかしたら、全部夢だったのかもしれない。いや夢だったらいいのだけど……」

ほとんど一晩寝ていないであろうクローディアは相当動揺しているようだ。それはそうだろう。故郷から、隣国とはいえ異国に輿入れしたのだ。夫となるアイザックはとても彼女に優しく、クローディアは生まれて初めての恋をしているようだった。それなのにその信頼していた未来の夫が、お腹にいる子供ごと恋人を捨てるような男かもしれないと知ってしまったら……。

想像しただけで胸が苦しくなった。

（もし本当にアイザック殿下がそんな人間なら、クローディア様と結婚なんてさせられない。でも証拠となる手紙もない……）

アイザックに問うても、それこそ知らぬ存ぜぬで通されたら、どうしようもないのだ。だがこんな話をひそかにクローディアの耳に入れた上で、その後手紙まで消えたのなら、少なくともそこには明確な悪意がある。

(まさか……イリス嬢……？)

彼女はロゼリアと仲がいい。確か親戚関係でもあったはずだ。ロゼリア嬢のためにイリスが協力した可能性もある。

(そして手紙の内容が真実なら、レイがそんな重要な事実を黙っていて、私とクローディア様をだましていたのなら……)

彼に限ってそんなことはないという信じたい気持ちと、もしかしたらという不安な気持ちが混ざり合う。信頼して知っていたはずの夫の輪郭がどろどろと溶けていくような気持ちだ。

(きっとクローディア様も今の私みたいに不安な気持ちになられたんだよね)

誰を信じていいのかわからない。異国に嫁ぐと言う意味の恐ろしさが改めて脳裏に刻まれる。もう一度ぎゅっとクローディアを抱きしめてから、ジェニファーは彼女の耳元に囁く。

「私が真実を確かめてまいります。夕方までに戻りますから、このままお休みになってください。睡眠薬をお持ちするように医師に伝えます。……あと、ナンシーが寝室に詰めているようにいたしますので、ご安心してくださいませ。ああ、お薬を飲む前に温かいお茶と簡単に摘まめるものをご用意いたしますね」

そう言って震えているクローディアの背中をさすると、寝室の外に出てメイドにナンシーを呼んでくるように頼んだのだった。

＊＊＊

「ジェニファー。どうしたんだ？」

皇太子宮の筆頭補佐官の執務室に、突然飛び込んできたのは、肩をいからせた筆頭補佐官の妻であるジェニファーだ。職場に現れた侯爵夫人に、一緒に執務していた補佐官達は驚きどよめいたが、ジェニファーはそんなことに構っていられない心境だった。

「レイ。二人きりで話したいことがあります！」

ジェニファーはかつかつと靴音を高く響かせ彼の元に近づくと、がしっとレイの手を取る。

「い、今すぐにか？」

「はい、今すぐです！」

そう声を上げると、彼は小さくため息をつき、補佐官達に声をかけた。

「すまない。みんな、少し早い昼食をとってきてもらえないか？」

困り果てたようなレイの様子に、気を利かせた補佐官達は部屋を出ていく。ジェニファーはそれを見送りながらも、まだ表情は怒りを隠しきれていないし、目の前の夫も睨みつけてしまう心境だ。

「一体何があったんだ」

ジェニファーは全員が部屋を出ていったのを確認すると、扉を閉めに行く。そんな彼女の背中に夫が声をかけた。

「そこに座ってください」

振り向くとジェニファーは執務室の来客用のソファーを指さす。彼女の指示に彼は素直にソファーに座った。ジェニファーはソファーに座らず、その前に仁王立ちになる。いつもとは明らかに違う妻の様子に眉根を寄せながらも、彼は余計なことを言わず彼女が話し始めるのを待った。

「今朝、出仕したらクローディア様が寝室から出て来ず様子がおかしかったので、二人きりになった時に尋ねてみたんです。何かあったんですかって……」

大きく息を吐き出す。クローディアの様子を思い出すと胸がぎゅっと痛くなった。

「クローディア様は、以前、ロゼリア嬢はアイザック殿下と恋仲だった、と知ってしまったんです。二人は体の関係も含むお付き合いもしていたし、結婚する予定だったと。そこにクローディア様が入り込んで奪ったような格好になったと……」

「は？　アイザック殿下がロゼリア嬢と？」

レイは眼鏡の奥の目をかすかに見開いて、不満げな声を上げた。ジェニファーはそんな夫の様子を冷静に観察する。

（これは、驚いているのかな）

自分の心の中の猜疑心《さいぎしん》を切なく思いながら、彼女はそれでもクローディアのために真実を知らなければと考える。

「しかもロゼリア嬢は現在、アイザック殿下の子供を妊娠していると。ですがクローディア様をソラテス王国から妃として迎えたせいで、ロゼリア嬢は周りから堕胎を迫られているとか……」

もし事実であれば許しがたい。夫がそのことに共謀していたら絶対にレイを許せなくなるし、彼と離縁してクローディアを連れてソラテス王国に戻ろう。そう決意を秘めたジェニファーの言葉に、レイは何と言ったらいいのか思案しているようだ。

(クローディア様、お可哀《かわい》そうに……)

もちろん淑女教育をしっかり受けているクローディアは、大泣きしたり騒いだりすることもなく、ジェニファーにも涙を浮かべながらも淡々と話をしていた。だが普段はしないタオルをぎゅっと握りしめる姿を見れば、彼女がその話を聞いてどれだけ衝撃を受けたのか想像に難くなかった。

「クローディア様はお優しい方なので、自分の立場が誰かを不幸にするなんて、その上、堕胎を強要させているなんてことが事実なら、耐えられないでしょう」

じっとジェニファーは前に座る夫の顔を睨みつけた。

「アイザック殿下も妙齢の男性です。過去付き合っている方がいらしたり、それが上手くいかなかったりという事情は有り得ることだと思います。でももしそうであれば、なんで私にそういった裏事情を先に言ってくださらなかったんですか?」

ジェニファーの言葉に彼は顔を上げて首を横に振った。その表情からは彼の本音はまだ見えてこない。彼はしばらく黙り込み、考えがまとまったらしく、ゆっくりと話し始めた。

「確かに以前、アイザック殿下とロゼリア嬢が結婚するのではないか、という噂話があったのは間違いない……」

じっとジェニファーから目をそらさず話をする彼は、いつもと変わらない落ち着いた様子だ。淡々と説明が続く。

「だがそれは実態があるものではなく、あくまで噂でしかない。というかその噂自体、貴女は知らなかっただろう？　貴女がゼファーラスにいなかった頃の話だから当然だが」

ジェニファーは彼の話の内容を、一言一句聞き漏らすまいと真剣な面持ちで頷く。

「まあ少し調べればわかる話だが……そもそもロゼリアが執着していたのは、アイザック殿下ではなく、レオン殿下だったんだ」

その言葉に咄嗟に頭の中でゼファーラス皇室の家系図が思い浮かんだ。レオンはアイザックの弟で、確か……

「ああそうだ。レオン殿下にはずっと学生時代からの想い人が居て、ロゼリア嬢は振られた格好になった」

「ちょっと待ってください。レオン殿下がお好きだったんですか、ロゼリア嬢は」

レオン皇子と平民女性とのロマンスの話はこちらに来た当初聞いている。そうだとすれば、そもそもなぜロゼリアの相手としてアイザックの名前が出てくることになったのか。

「そして弟想いのアイザック殿下は、最初は絶望的と思われた平民の女性と第二皇子との結婚を実現できるようにと、レオン殿下のために骨を折った」

ジェニファーは彼の言葉に頷く。レイは彼女の顔を見て話を続けた。

「ロゼリア嬢は、どうせ平民の娘とレオン殿下がうまくいくわけもないと高を括《くく》っていたようで、それがアイザック殿下に潰されたのを恨んだらしい。その後何故か、アイザック殿下がロゼリア嬢に手を出したという不名誉な噂が流れ始めた。まあ俺は噂の出元がロゼリア嬢だとほぼ確信しているが……」

ジェニファーは夫の言葉に思わず絶句してしまった。たとえ意趣返し的な意味があったとしても、貴族の女性が自身の名誉が傷つくような噂を流すだろうか。尋ね返すと彼は苦笑を浮かべた。

「そう。だから逆に噂は信憑性《しんぴょうせい》を増してしまった。まあ、ロゼリア嬢は大変にプライドの高い女性でもあるので、不名誉な噂の代償としてアイザック殿下が責任を取り、彼女を妃殿下として迎え入れるだろうと計算していたかもしれないが……」

レイの話によれば、もともとアイザックは国力などの均等を図るため、国外の姫を娶る予定だったのだと言う。既に水面下ではソラテス王国との交渉も始まっており、ロゼリアの浅はかな作戦は一切無視された。

「当然、何の非もないアイザック殿下がロゼリア嬢と結婚などという話になるわけもなく、予定通り隣国の姫君であるクローディア様を妃として求められることになった」

そこまでの話を聞いて、ジェニファーはホッと息を吐いた。

（確かに筋は通っている。それならアイザック殿下がロゼリア嬢と付き合っていた事実もなく、クローディア様が心配するような事実もなかった、ということね）

もちろんレイのことは信じたいが、念のためゼファーラス皇国の噂にも精通しているナンシーに、そういった事実があったかどうかも含めて確認はするつもりだ。情報は複数あったほうが、確度が高くなると父も良く言っていたではないか。

「それに自分と関係があって子供を授かった女性がいたとしたら、アイザック殿下はその女性を無碍《むげ》に切り捨てられるようなお人では絶対に、ない」

かすかな怒気を感じて、ジェニファーはハッとした。もし自分がクローディアのことを疑われたら、同じように怒りを感じるだろう。そう思うと怒りで熱くなっていた頭がすうっと冷静になった。

「……わかりました。私、レイのこと信じます」

少なくとも彼の皇太子に対する想いは、自分のクローディアに対する想いと一緒だ。そして決して長くない結婚生活ではあるが、レイはジェニファーに対しても常に誠実であろうとする人だから信じられると思う。

（レイが言っていることが正しい、という前提で考えたら……）

アイザックとロゼリアは恋人だった過去はなく、当然妊娠云々《うんぬん》の下りも単なる噂話に尾ひれがついたものの可能性が高いだろう。または破れかぶれになった公爵令嬢が流した噂かもしれない。

彼女の言葉に彼は頷くと、対角線上にある席に座るよう彼女に言った。ジェニファーはその言葉にようやく腰をおろすと、彼は誤解が解けたことに、ホッとしたように息を吐き出した。

「とはいえ、ジェニファーにとって大切なクローディア様に関係する話だ。真偽はジェニファーの方でもう一度確認を取ってもらったらいい。で、それよりも俺が気になるのは、クローディア様がどこからそんな話を聞きつけたのか、ということだな……」

彼の言葉にジェニファーも頷き、改めてクローディアから聞いた話をレイに伝えた。手紙がなくなった経緯までを話すと、レイは目をかすかに見開いた。眼鏡の奥の瞳がきらりと光る。

「つまりそれは、皇太子妃の寝室にまで入り込める人間が今回の陰謀に協力している、ということか」

彼の言葉にジェニファーは頷く。もちろんその事実がとても重要であることは彼女もわかっている。正直、アイザックのスキャンダルより重要なのはそちらの方とすら言える。

「そちらを先に話をしなかったのは……」

そう言いかけて彼が黙る。じっとこちらを見ている視線は先ほどまでとまったく違う、鋭いものだ。

「はい。今回の話を聞いて、どこまでアイザック殿下と、レイを信用していいのかわからなくなったので……」

じっと彼の目を見つめる。二人が座る距離はいつもならもっと近い。けれど今日の二人の間には、部屋に来た時から明らかな距離があるのだ。それに気づいているのか、彼ははぁっと息をついて、ぐしゃりと髪を掻き上げた。

「当然だな。貴女は如何《いか》なる時もクローディア様の一番の側近ということか……」

一瞬上を向いて、彼は目を閉じてゆっくりと息を吐き出した。それから気を取り直したように彼は普段通りの表情で尋ねた。

「……ちなみにその時間帯にクローディア様のおそばにいたのは？」

「スザンナ嬢とイリス嬢です」

「なるほど……。まあ、イリス嬢やゼファーラス側の侍女達が、ロゼリア嬢から圧力を受けて行った可能性はあるが、今その話を明らかにしても証拠もない。あまり大事にすれば証拠もないのにクローディア様がゼファーラス貴族のイリス嬢やスザンナ嬢を陥れようとしたとして、最悪クローディア様の評価が下がることになりかねないな」

彼はそう言うと、何かを考え込むような顔をする。

「何はともあれ、今は動揺しているクローディア様をこれ以上不安にさせないように、アイザック殿下と直接話をしてみるように勧めてもらえないか。結局のところ、俺達第三者が話をしても真の意味で納得はできないと思う」

彼の話に頷く。確かに今こうやってレイと直接話をして、彼の話を信用するとジェニファーは判断できた。同じようにクローディア自身がアイザックと話すことで、初めて納得し夫となる人を信用できるのかもしれない。

「そうですね。クローディア様に直接アイザック殿下に話してみるように伝えてみます」

これから夫婦となって長く一緒にいることになる二人だ。二人で話し合って解決できるようになるのが理想だろう。


「ああ、結婚後には皇帝となられるアイザック殿下だ。これからも二人の絆を確認するために話し合わないとならない事態も起きるかもしれない。だからお二人で解決できるようになっていくことが望ましいと思うんだ」

レイの言葉にジェニファーも素直に頷く。

「そうですね。間に人が入ることで、誤解が生じますから」

「ああ。俺はジェニファーに感謝している。今回の件もすぐに直接俺に相談してくれてありがとう」

普段のように目を細め、柔らかく微笑んでくる夫を見て、ジェニファーは胸がいっぱいになった。

（クローディア様の話を聞いて、彼を疑って食って掛かったのに、それをこんな風に言ってくれるんだ……）

寛容で冷静で、物事の本質を見抜ける上に本当に優しい人だ。私の旦那様は最高に素敵だなんて、つい惚《ほ》れ直してしまう。自然といつものように彼に笑みを返していた。

「レイも、突然執務中に飛び込んだのに、こうして時間を取ってくださって、しかも怒らず冷静に聞いてくださってありがとうございます」

するとと次の瞬間、何かを思いついたようにレイがニヤリと笑った。

「それはそれとして。やられっぱなしは気に食わないな。貴女と俺でそれぞれの情報が精査できたところで、一つ仕掛けてみないか?」

「え、仕掛ける?」

「ああそうだ。こちらから敵を翻弄してやろう」

少し悪そうな顔で誘う夫はやっぱりかっこ良くて、こんな時なのにジェニファーはついうっかりときめいてしまったのだった。

＊＊＊

その後クローディアにはレイから聞いた事情を説明した上で、直接アイザックと話して不安を解消することを勧めた。午後、長い間二人で話し合っていたようだけれど、話し合いから戻ってきた時のクローディアの表情が本来の彼女らしい明るい表情になっていた。それを見てジェニファーはホッと胸をなでおろす。

(レイが言っていたように、いずれは皇后になられるからには、守られているだけでは立ち行かなくなる時もある。でも今回一つ乗り越えたことで、きっとこれからもこうやってお二人で解決していく自信をつけられたのね)

成長していくクローディアが誇らしい。そんなことを思いながらも、日々は過ぎあと半月ほどで婚礼の儀式が行われるという昼下がり、クローディア主催のお茶会が開かれた。

この日はあえてジェニファーは侍女としてではなくブラック侯爵夫人として、クローディアの補佐役としてお茶会に出席することにした。席でたわいもないおしゃべりをしつつ、クローディアの入室を待っていると、侍従が入ってきた。

「クローディア王女殿下がおでましになります」

その声にあわせてサロンへと入る扉を開く。クローディアの後ろからナンシー、それからイリスが付いていく。今日のお茶会は実質クローディアの女性社交界デビューとなる。今までは常に隣に付き添っていたアイザックが居ない状態でのデビューということで、貴族女性達からの関心は高い。上位貴族はほぼ参加している状態だ。

（だから今日はゼファーラス貴族に詳しいイリス嬢を、侍女として付き添うメンバーに選んだのだけど、さあ、どうなるかしら……）

ぱちぱちと拍手がわき、クローディアは中央テーブルの、ジェニファーの隣の席に案内された。こちらのテーブルはこれからクローディアを支えることになる、若い上位貴族夫人達が座っている。するとさっそく別のテーブルに座っている貴族夫人や令嬢達が席を立ち、クローディアに挨拶をするために近づいてきた。

「初めてお目にかかります、クローディア王女殿下」

「今日の装いはまるで小鳥のように愛らしいのですね。その髪型も素敵ですわ。クローディア殿下のまねをしたいゼファーラスの女性貴族が絶対に社交界で流行《はや》らせますわね」

ブラック侯爵家門の者も、ハンター伯爵家に並ぶ者も皆笑顔で挨拶をしてくるのを見て、やはりイリスを侍女にした意味は大きいのだな、と改めて思う。

だが次から次へと、皇太子妃となったクローディアとの親睦を深めたい女性貴族達が挨拶に来るが、隣のテーブルに座った一団はこちらに寄ってこない。

（ロゼリア様と、エドモンド公爵家門の令嬢達……）

以前絡んできたイリスの仲間で、ロゼリアとその取り巻きメンバーだ。通常であれば、彼女達から挨拶にくるのが当然なのだが、仲間内で話しているばかりで、席を立つ気配がない。

（周りの人達も不審に思っているし、そろそろ意地を張らずに来てほしいんだけど）

思わずどうしようかとナンシーと顔を合わせた。

（上位者となるクローディア様から挨拶をさせるわけにも行かないし、かといって、向こうが挨拶に来ないとしても、無視するわけにも……）

もちろんここがソラテス王国なら、上位者に挨拶に来ない貴族など無視一択だ。だがまだ地盤の弱いゼファーラス皇国でクローディアにそのような対応をさせられない。

（というか、普通なら将来の皇太子妃相手に、ここまで強硬手段に出られるものでもないと思うけれど……）

通常と違う対応を迫られて、ちらりとジェニファーはイリスに視線を送る。彼女はロザリアとは親しい関係だ。ジェニファーの視線の意味を理解したらしく、彼女はクローディアに黙礼をすると、明るい表情を浮かべてロゼリアに声をかけた。

「ロゼリア様、お久しぶりでございます」

その声と共にロゼリア達がこちらを向いた。ひそかな緊張が伝わっていたのだろう、どことなくサロン内にホッとしたような緩んだ空気が流れる。

「あら、イリス。お久しぶりね。このたびはクローディア様の侍女になられたそうね。おめでとう」

にっこりと笑ってイリスに言葉を返す。

「はい。……クローディア様、エドモンド公爵令嬢であるロゼリア様を紹介させてくださいませ」

イリスが間に入ったことで、無事二人の顔合わせができそうだ。イリスの声にようやく重たい腰を上げて、ロゼリアがクローディアの元に近づいてくる。ジェニファーはロゼリア達に礼をすると、クローディアとロゼリアの会話に耳を傾けた。

「初めまして。私はエドモンド公爵の長女、名前はロゼリアと申します。以後お見知りおきを……」

そう言うと、公爵令嬢はクローディアに向けて優雅に挨拶をして見せた。だがその顔色はあまり良くない。何となくやつれている感じもある。実際には妊娠などしていないはずだが、うがった人間が見れば噂の元にはなりそうな様子だ。

「初めまして。これからよろしくお願いいたします」

クローディアは慣れた仕草で、椅子に腰かけたまま上位者としての挨拶を返す。イリスのお陰でなんとか最初の難関を乗り切ってジェニファーは心の中でホッと一息をついた。

「そういえばロゼリア様は最近、社交界にお出になっていませんでしたがどうされていたんですか？皆さん寂しがっておりましたよ」

イリスが尋ねると、どうやら周りの注目はクローディアとロゼリアに集中していたらしい。女性達がざわめいた。

「このところ体調を崩していました……。いろいろ、ショックなことがあったから」

一瞬だけクローディアに視線を向ける。まるでロゼリアの不調の原因が、クローディアだと言わんばかりだ。イリスはそれをフォローもせず彼女の話に頷くだけだ。

（どうしてそんないやらしい、仄《ほの》めかしみたいなことをするのかしら……）

やはりこの間の手紙の件は、ロゼリアが命じてイリスが協力したのだろうか。そう思いながらもクローディアの様子を確認すると、ほんのかすかにクローディアの指先が震えているのに気づいた。

（クローディア様は芯の強い方だから、この程度の揺さ振りで崩れたりはしない。大丈夫）

ジェニファーはさりげなくクローディアの前に置かれたソーサーにお茶菓子を乗せた。それはソラテス王国にいた時からの合図で、ジェニファーがクローディアを助けます、という意思表明だ。

少しだけ顔を上げたクローディアとジェニファーの視線が合った瞬間、不安げだった彼女の表情は元の王族らしい自信のあるものに戻った。不安な時にはあえて背筋をスッキリと伸ばす。きりっとした表情に整えたクローディアを見て、もう大丈夫とジェニファーは確信する。

「そう。ロゼリア公爵令嬢は体調が悪いのに、無理してお茶会に来てくださったのね。お気の毒に……後で健康によさそうなお茶や薬草を贈らせていただくわ」

クローディアが完ぺきなマナーと、気遣う表情で答えると、公爵令嬢はわずかに目を見開く。

「ええ、大切に思っていた人に裏切られて、それで気分がずっと落ち込んでいて……」

自分の言葉がどのくらいクローディアを傷つけているか知りたくてたまらないように、ロゼリアはチラリと視線を送った。

「……本当にお可哀想《かわいそう》に。……いえ、一刻も早くロゼリア様の心も体も調子を取り戻されるように祈っていますわ」

鋭く切り込んだ話題を、クローディアに柔らかく微笑んでさらりと流されて、ロゼリアがキッと睨みつけるような顔をした。

「クローディア様は、まだこちらに来て浅いので、社交界のいろいろな噂をご存じないのかしら」

その言葉に、ジェニファーはクローディアのテーブルの下で行儀良く重ねられた手にそっと触れてから発言する。

「あら、クローディア様はすべてご存じですわ。そして聡明なアイザック殿下といろいろと心をわかち合ってお話をされたそうです。確か……根も葉もない噂では花は咲かないと、そういうようなお話でしたわよね」

嫌われ役は自分が背負う。婉曲《えんきょく》な言い方だが、はっきりと『貴女のやったことは全部無駄に終わったよ』と伝えるつもりで、まっすぐロゼリアを見て話しかけると、クローディアは柔らかく微笑んだ。

「ええ、私には頼りになる侍女もおりますし……噂より真実を尊いと考えておりますから」

ジェニファーの発言を援護射撃するようにクローディアは言ってにこりと笑う。

「でしたら、その噂とやらを皆様の前で話してみたらいかがでしょう？　それが本当か嘘か……皆様に判断してもらってはいかがですか？」

破れかぶれのように話し出す公爵令嬢に、周りがどよめく。空気が緊迫した瞬間、クローディアは優雅に微笑んでロゼリアの提案を完全無視する。

「そういえば、今日はとても素敵な方を紹介いただいたので、特別なゲストとして来てくださるようにお願いしましたの。皆様にご紹介させてくださいナンシー、お客様をお迎えしてちょうだい」

「ちょ、何を……」

大きな声を上げるロゼリアを無視して、ナンシーがゆっくりと扉に向かい客を一人迎え入れた。この騒ぎの中に呼び出されるゲストとは誰だろうと、誰もが扉の方に注目する。

入ってきた人物は年の頃なら初老の、だが身長が高く凛《りん》とした、大変に美しい女性だった。思わずロゼリアが上ずった声を上げた。

「エ、エルロイ大叔母様……っ、何故こんなところに」

「クローディア様からお誘いをうけたからね。若い夫人や令嬢ばかりのところに、年寄りが来るのもどうかと思ったけれど、ゼファーラスの貴族女性としてのサロンでの心構えを、いろいろと教えてほしいと言われたら、顔を出さないわけにはいかなくてね」

しゃんと伸びた背筋、年老いてもかくしゃくとした足取り、指先まで優雅な仕草。間近で王族をずっと見ていたジェニファーからしても、最上級のマナーを身につけた、感嘆しか出ないほど所作の美しい素晴らしい女性だ。

(しかもエドモンド公爵の叔母、前公爵の妹、ときたらね)

彼女について教えてくれたのはレイだ。その上ゼファーラスからソラテス王国に嫁いだナンシーの母が、昔この女性の侍女として仕えていたことがあるという事実まで一緒に教えてくれた。

それでナンシーの母を通じて、クローディア本人が直筆した挨拶と助力を願い出る手紙を持って、ジェニファーが彼女の元を訪れたのだ。

(しかもナンシーのお母様が、エルロイ夫人の好きなお花からお茶、お茶菓子まで全部教えてくださったから……)

それらをお土産にしていくと、皇太子の婚約者からの手紙を携えたジェニファーを、エルロイ夫人は温かく迎えてくれた。何より自らブラック侯爵に結婚を申し出てまで、主人のために隣国に嫁いできたジェニファーの気性を気に入ったようだ。そして彼女は話を聞いて、自分の兄の孫に特大の釘を刺しに来てくれた。

エルロイはジロリとロゼリアを見ると、呆れたような声を上げた。

「いくら父親に権力があるからって、下世話な嘘をつくのはよろしくないねぇ。そんな娘には、きっちりとしたおしおきが必要だと私は思うよ」

それから周りにいる貴族女性達を鋭い目で見つめた。

「アイザック殿下とどこぞの公爵令嬢との婀娜《あだ》な噂話はどれも捏造《ねつぞう》されたものばかりだろう？　それを信じるゼファーラス貴族がいたら、不敬罪で爵位を返上したほうがいいんじゃないかと私は思うね」

想定外の特大の釘に、噂が大好きな貴族女性達までピリッとする。仕掛けたジェニファーすら絶句していると次の瞬間、エルロイはにこりと笑った。

「ところで、ブラック侯爵夫人。今日はソラテス王国製の最高級チョコレートが食べられると聞いてきたのだけれど？」

茶目っ気たっぷりに笑みを浮かべ、チョコレートのおねだりをする。おかげで緊張しきっていた空気が少しほどけて、ジェニファーは慌ててナンシーに目配せをした。

（ナンシー、予定より早いけど、アレを持ってきて）

その視線の意味を的確に理解したナンシーが銀のトレイに美しく積み上げた最高級のチョコレートを持って戻ってきた。

「お集まりの皆様、失礼いたします。クローディア様よりソラテス王国の最高級のチョコレートをお茶菓子としてご用意させていただきました。ソラテス王室御用達の職人が作り上げた、大変に貴重なものですので、ぜひお召し上がりくださいませ。お土産も準備しておりますので、帰りがけにお渡しいたします」

ナンシーがそう声を上げると、美味しいものに目がない貴族女性達はぱっと華やいだ表情を浮かべた。

ソラテス王国のチョコレートは、熟練の技を持つ専門の製菓職人が作り上げた一級品で、他国でも貴重品として貴金属に次ぐ価格で取り引きされていると言われている。そんな最高級チョコレートを振る舞われると聞いて、今までの緊張した空気がワクワクとした明るいものに変わる。

小さく笑顔を見せたクローディアの横顔を確認しながら、ナンシーはすべてのテーブルに、貴重なチョコレートを配って回った。

そしてクローディアの隣に予定どおりエルロイの席が作られる。席に座ったエルロイが機嫌よさそうにチョコレートを食べている間、ロゼリアは余計な一言すら発することができなくなっていた。そして黙ってただひたすらお茶を飲み続け、サロンの閉会と共に静かに帰路についたのだった。

第八章　成功は契約夫婦の絆を深めるか？

明るい日差しはキラキラと輝き、風は春の花の香りを乗せている。ティータイムのカフェは人が多くてにぎやかだ。そしてどこからともなく聞こえる鳥の声にジェニファーの胸が躍る。

あの騒動の三日後。レイとジェニファーは穏やかな顔で貴族が良く訪れる人気のティーサロンのテラス席に座り、お茶を飲んでいた。

「いい買い物ができてよかったな」

今日は皇太子妃夫妻の結婚式前の、最後の休日だ。そして結婚の祝いを追加でほしいとレイが言い出したので、二人で町まで出かけることになったのだ。

「はい。本当によかったです。あとはいよいよクローディア様の結婚式ですね」

「アイザック殿下との、な」

そう言って二人で笑う。相変わらず『主君大事』なのはお互いに変わらない。けれど先日の一件で、二人の仲はより深まったと思う。

（レイはアイザック殿下のためだけでなく、クローディア様のためにも同じくらい助力してくれたし、私の気持ちにも寄り添ってくれた）

おかげであれ以来、すっかり公爵令嬢一派はおとなしくなった。またお茶会以来、アイザックとロゼリアの醜聞がロゼリアの捏造だったらしい、というような話が広まっているらしい。まあどうやら積極的に広めているのはレイのようだけれど。

（正直、ロゼリア嬢には可哀そうだけど……関係のないクローディア様を巻き込んだから仕方ないよね……）

イリスに関しては、今のところはクローディアのことを最優先にして仕事をしているので、自分との関係はともあれひとまずは様子見続行中だ。

「しかし、今日はいい天気だな。デート日和だ」

伸びをしてそう言う夫に、ジェニファーは小さく笑う。屋敷に商人を呼ぶことも可能だったのだが、レイは『こちらに来てから二人でゆっくりと出かけたこともないし、たまにはデートをしないか』と誘ってくれたのだ。

二人であぁだこうだ言いながら、買い物をするのはとても楽しかった。二人で手を繋いで町を歩くと、なんだか本当に愛し合う新婚夫婦のようでドキドキした。この間の件からジェニファーの情緒はますますおかしい。

ちなみにライラとスザンナの二人に言わせると、レイは今も女性貴族からとても人気があるのだという。実際皇太子宮で仕事をしていると、レイの妻であることを羨ましがられることも多いのだけれど……。

（二人から、ほかの女性からのちょっかいには注意してくださいね、って言われたけど……言われたからといって、どうにもできないよね……そりゃレイがモテるのは最初からわかっていたけどね）

しかし自分達の関係はしょせん契約結婚なのだ。やきもちを焼くことすらできないと夫の整った顔を見上げ、ジェニファーは思わず眉を下げていた。

「……どうした？」

「いえ、なんでもないです」

困ったような笑みを浮かべる彼女を見て、彼は一瞬何かを考え、それから店内の従業員に視線を送る。店員の女性はすぐに気づいてこちらにやってきた。

「この店のケーキを全部、持って来て見せてくれないか？　妻がちょっと疲れているみたいなんだ。でも美味しくて綺麗なケーキを食べたら、きっと元気になると思うから」

そう言うと、レイはにっこりと笑う。

「ジェニファー、今日は忙しい合間に付き合わせて悪かったな。少し甘いものを食べて英気を養ったらいい」

労わるような眼鏡の奥の優しい目に思わずキュンとしてしまう。

（レイはズルいな……）

単なる契約結婚なら、それなりの態度をとってくれたらいいのに、レイはいつだって愛妻家みたいな顔をするのだ。その上夜は情熱的に求めてくれる。……おかげでなんだか最近、契約関係ではなくて、本当に愛される妻になりたいだなんて、図々しいことを考えてしまう。

（クローディア様がこの間のトラブルを乗り越えてから、結婚前の今、まさにキラキラと恋する女性の顔で過ごしていらっしゃるから……私まで影響を受けちゃっているのかな）

そんなことを思っていると、すいと彼に手を取られた。

「ん？」

「うちの妻は、常に明朗闊達《めいろうかったつ》なところが魅力的なんだ。この間の件だって俺と貴女との協力で上手く解決できたじゃないか。……まあ、貴女の憂い顔も悪くはないけれど……悩んでいることがあるのなら話してほしい」

彼が首を傾げてじっとジェニファーの瞳を見つめる。このところ、常に胸にドキドキとモヤモヤがある。もし恋慕の気持ちを彼に話したら、彼はどう対応してくれるのだろうか。有能な彼のことだから、問題がないように上手く着地点に導いてくれるかもしれない。

「あ、あの……」

だが思いを言葉にしようとした瞬間、女性の店員がワゴンに乗せて全種類のケーキを持ってきてくれた。果物が乗ったタルト、チョコレートケーキ、クリームがたっぷりと添えられたケーキと、どれも美味しそうだ。思わずケーキに意識が行くと、少し気分が上がった。

「ジェニファーはどれにする？　二つでも三つでもいいと思う、貴女は毎日頑張っているから」

にっこりと微笑みかけられて、さりげなく自分の頑張りを認めてもらえると、じわっと胸が温かくなる。

「じゃあ、その果実の乗ったケーキとチーズケーキを……」

二つ頼むと彼は小さく頷きながら、彼女の顔を見上げた。

「それだけでいい？　では俺は一番甘くないケーキを一つもらおうか」

彼の言葉にジェニファーは目を瞬かせた。レイはあまり甘いものが得意ではないからだ。視線が合うと彼は片目をつぶる。

「たまには貴女が好きなケーキを一緒に食べるのもいいかなと思って。夫婦ってそういうものだろう？」

彼のセリフにまたきゅんとする。彼がケーキを頼むと従業員は立ち去るが、すぐに綺麗にケーキが盛りつけられて届けられた。

「いただきます……」

フルーツのケーキは甘酸っぱく、チーズケーキはクリーミィでとても美味しい。けれどビターチョコレートが乗ったタルトを、やっぱり思ったより甘かったのだろうか、レイは少しだけ難しい顔で食べている。そんな彼を見ていると、なんだか目の奥がじんわりと熱くなってきて、自然と彼への気持ちがこみあげてくる。

（あぁ。やっぱり私、どうしようもなくこの人のことが好きみたい……）

夫婦になってから、改めて彼への思いを自覚する。

（契約結婚じゃなかったら、素直に好きって言えたのかな。今彼に好きって言ったらどんな顔をするのだろう）

正直、彼への思いは自分でも初めての感情すぎて良くわからない。フルーツにフォークを突き立てると口に運び、甘酸っぱい味をもう一度堪能する。その味がまるで自分の胸の中の気持ちみたいで、恋は甘くて酸っぱくて、なんだか切ないものなのだと、結婚した後に改めて思う自分がちょっとおかしい。

「ん？　どうした。にやけてしまうほど美味しい？」

レイの言葉にジェニファーは目を細めて頷く。

「はい。レイと一緒に食べているからかもしれないですね」

そう伝えると、彼は柔らかく微笑んで、そっと伸ばした指でジェニファーの口元を撫でた。彼女の唇の端についていたらしいクリームを彼は舌先で舐めると、妖艶に目を細める。

「甘すぎるけれど、それすら美味しく感じてしまう程度には、貴女と過ごすお茶の時間は幸せだな」

じっと見つめられて、気がそぞろになる。思わず顔を赤くして、視線を逸らすと彼は機嫌よさそうに口角を上げげた。

「そうだ。後でもう一軒、付き合ってもらえるだろうか」

彼の言葉にジェニファーは彼が買い忘れたものがあるのだろうかと思いながら、小さく頷いた。

その後彼と寄ったのは、皇宮にも出入りしているという新進気鋭のデザイナーのいる宝飾店だった。

「もしかして、お祝いの品、まだ買いたいものがあるんですか？」

豪華でオシャレな店内の入り口で、こそっとレイに尋ねると彼は首を横に振った。

「お祝いの品ではなくて、貴女へのプレゼントを買いたいと思って」

「え、でも誕生日でもお祝い事があるわけでもないのに……」

ジェニファーの家では、宝飾品を買ったりプレゼントを贈ったりするのは、何かしらのお祝いごとのある時だ。それに結婚に際して、宝飾品は既にプレゼントしてもらっている。

「そうだな、ではこの間の俺と貴女、二人の作戦成功を祝って、だな。なんだか……貴女に俺が贈ったものを身につけてもらいたくなったんだ」

「そうなんですか？」

今ジェニファーが身につけているのは、実家から持ってきたもの以外はすべてブラック侯爵家のお金で購入したものだ。つまりほとんどレイが買ってくれたようなものだけれど……。

「ああ、これからは俺が選んだものを、貴女に毎日身につけてもらいたいんだ」

「ええ、どうしたんですか、突然……」

などと言いながらも、なんだか独占欲があるみたいな言い方に、ドキンと心臓の鼓動が跳ね上がる。

案内された店の奥にある商品はかなり高価なものだった。だがレイは全然躊躇することなく店主に声をかけた。

「彼女にアクセサリーを贈りたいんだ。この店で一番良いものを見せてもらえないだろうか」

結婚前の口説き落としたい女性の前でそんなことを言うのならわかる。だが既に契約結婚した妻を前にしての彼の言葉にびっくりしていると、店主が出て来て貴賓室に迎え入れてくれた。

「いくつかお持ちしましたが……ブラック侯爵夫人にふさわしい品質となると……こちらなどはいかがでしょうか?」

そう言って店主が出してきたのは、大きなエメラルドの石が付いたネックレスとイヤリングのアンサンブルだ。見ただけでこの高級宝飾店に置いてある中でもとびきり最高級の品だとわかる。

「あぁ、これはいいな。貴女の瞳の色だ……」

そして彼はジェニファーに身につけるように言った。小さな宝石を一つ買ってもらうのでも申し訳ないと思っていたのだが、まさかの最高級のエメラルドだ。一体いくらかかるというのだろうか、そもそも最初の話は普段使いという話ではなかっただろうか、と咄嗟に夫を止めようとする。

「さあ、髪を上げて」

だが後ろに回った夫からそう言われると、店主もいるし何も言えなくなってしまう。素直に髪を持ち上げると、彼が自らネックレスとイヤリングをつけてくれた。

「いかがでございましょうか」

店主は鏡を持ってくると、ジェニファーの姿を映す。

「店主は売り込み方を良くわかっているな。この石はジェニファーの目の色とぴったり合っていて、顔色まで美しく見える。気に入った。……ジェニファーはどう思う？」

鏡越しに尋ねられる。レイがとてもいい笑顔をしているから、もう一度自分が身につけた宝飾品に目をやった。確かにジェニファーの緑の瞳と濃度が近く、健康的な肌色に深い緑のエメラルドの石が良く似合っていた。

「実はこれと同じ石から作った、カフスボタンと、それから普段使いできるブレスレットもあるんです」

にこやかな店主はかなりの商売上手らしい。

「カフスボタン？」

「ええ、ブレスレットは奥様に、カフスボタンは旦那様がお揃いで普段からお付けになるのもよろしいのではないかと」

そう言うと店主はさらにカフスボタンとブレスレットまで出してきた。そしてあと一押しとばかりに、レイのシャツの袖にカフスボタンをつけて見せる。それを見てレイが頷いた。

「……うん、これもいいな、ジェニファーが常に一緒にいるみたいだ。どうだ、似合うか？」

顔を寄せてジェニファーにカフスボタンを見せる彼を見て、どうしてそんな思わせぶりなことばかり夫は言うのだろうかと思う。

（こんな風にしていたら私たちちって愛し合っている夫婦にみえるよね、きっと……）

彼が見せてきたカフスボタンを見ていると、彼はジェニファーにもブレスレットをつけてくれた。

彼はブレスレットとカフスボタンを並べて頷く。ネックレスとイヤリングはかなり大粒のエメラルドだ。だがブレスレットとカフスは品質のいいエメラルドを使っているが、そこまで大粒ではない。しかも金に埋め込まれていて、店主の言う通り、侍女の仕事中でも普段使いもできそうだった。

「ええ、レイに良く似合ってます」

「じゃあ決めた。こっちも包んでくれ」

「……え？」

目の飛び出るような高価な宝飾品の数々を、彼は躊躇わずに購入することを決めていた。

「あ、あのっ」

店主が愛想の良い笑顔で購入の礼を言い、一度引っ込んだ時に、思わずジェニファーは声を上げていた。

「どうした……大事な妻に、宝飾品の一つや二つ、買ったところで侯爵家の屋台骨は揺らがないぞ」

それはそうだろう。だが面白そうに笑う彼に、一つや二つどころではないと言いたいけれど……。

「あ、ブレスレットは毎日つけてくれ。俺もカフスを普段使いにしよう。周りからはお揃いだと気づかれるかもしれないな。ますます愛妻家の噂が広まりそうだ」

にこにことしている笑顔は本当に嬉しそうで、いろいろと言おうとした言葉は口の中で溶けてしまった。代わりに出たのは……。

「……ありがとうございます。私もブレスレット、毎日つけさせてもらいますね」

お揃いが嬉しい、なんて恥ずかしくて言えないけれど。同じ石を身につけるというそのことが、すごく幸せに思えて胸がわくわくしてしまったから、笑顔で頷かざるを得ない。彼が触れてきた温かい手を、ジェニファーも自然と強く握り返していた。

そんな風にして幸せなデートをして、夕食まで二人でお酒を飲んで町で楽しく過ごし、少々酔っぱらったまま帰宅した。軽く湯浴みをすませ、夫婦の寝室に向かう。

「ジェニファー、おいで」

寝室に入ったとたん、耳元で囁くのはレイだ。ジェニファーが好きな甘いお酒が置いてある。

「まだ飲むんですか?」

尋ねると彼はグラスの縁に触れて小さく笑った。

「ああ、今日はジェニファーとゆっくり過ごしたいと思ってね」

そう言うとグラスを渡してくる。寝室のソファーに並んで腰をかけて、彼とグラスを合わせる。

「ジェニファーの勝利に乾杯」

「乾杯……私の勝利に、ですか?」

尋ねると彼はグラスに口をつけて一口飲んでから、グラスを机におろす。

「ああ、クローディア様とアイザック殿下の絆が強くなったのは、貴女のお陰だ……」

彼の言葉にジェニファーは首を横に振った。

「いいえ、お二人が直接話し合うように助言してくださったレイのお陰です」

そう言うとグラスを唇に押し当てて一口飲む。ふわりと漂う香りは甘くて濃厚で、なんだかドキドキする。

「それであのお二人に見習って……俺達もお互い、そろそろ本音を話してもいいんじゃないかと思うんだが」

すると彼は突然そんな提案をする。何のことかと彼の顔を見返すと、珍しく顔を赤くしてレイは照れ隠しのように微笑んだ。

「俺から先に告白すべきだな……。ジェニファー、俺は貴女と結婚できて、本当に良かったと思っている」

二人きりの時間に、そんなことを言われると心臓がドキンと高鳴る。甘い期待にその速度はどんどん速まっていく。

「契約で始まった結婚だから、貴女が俺をどう思っているかわからないが、俺は貴女との生活がとても楽しいし」

言葉を止めると、彼は一瞬下を向いてから、改めてジェニファーをじっと見つめた。

「こうして一緒にいると、貴女のことが本当に愛おしいな、とそう感じるんだ」

彼の言葉に目を瞠《みは》った。

「え……。契約結婚、なのに？」

思わず漏れた言葉に、彼が眉を顰めた。

「すまない。そういった感情を持つことが契約違反というのなら、それについては謝る。だが……自分の気持ちを隠して一緒にいることがいいとも思えなかったんだ。だから貴女がどう思っていたとしても、自分の気持ちは伝えるべきだ、とそう判断した」

彼の言葉にジェニファーはなかなか次の言葉がでなかった。何より彼の言葉が頭をぐるぐると周り、それを実感するまでに時間がかかったからだ。

「あ、あの……」

目の前のグラスを手に取り、一気に飲み干す。思った以上に強い酒気に一瞬クラッとする。

「これ、結構強いんですね」

「ああ。閨以外では真面目で理性的なジェニファーの、判断力を鈍くするためにね」

そう尋ねると、彼はにぃっと口角を上げて笑う。ズルくて悪いのに、なんだかかっこ良くて悔しい。

「もう、それがダメなんですよ」

ふわふわするのはお酒が急に体に回ったせい。そういうことにして、ジェニファーは潤んだ瞳で彼を睨む。

「ダメって……俺の告白が？」

一瞬だけ不安そうな顔をするからもう、たまらなくなる。

「レイ」

呼びかけてこちらを見た彼の両方の頬を手のひらで捕らえ、キスをした。

「んんんっ」

驚いた彼が唇をふさがれたまま声を上げようとして失敗する。何度か口づけると、自然と力が抜けた彼と舌を絡ませる。何度も唇を重ねて、教わったように吸って舐めて、それからようやく彼を解放すると、至近距離で視線が交わった。

「ダメじゃないですよ。だって……私もまったく同じことを思っていましたから」

つんと鼻先を触れ合わせると、彼は目をぱちくりとする。彼女の言った意味がわかっていないのか、ジェニファーからの告白の言葉を引き出したいのか、とぼけたような眼鏡の奥の目をじっと睨む。

「同じことって……？」

「私も契約結婚という話だったのに、その相手を好きになっちゃうのは契約違反かなって思っていました」

彼の目を見て答えると、瞬きもせず一瞬彼が固まった。

「……俺と同じ？」

どうやらその返答は予想外だったのかもしれない。

「意外でした？」

尋ねると彼はコクリと頷いた。

「だって、レイは素敵なんですもの。なんでもできるし、頭はいいし見た目もカッコいいし。いつだって優しいし」

耳元に囁く。もっと自分のことが好きになればいいのに、と思いながら。すると彼は目をぎゅっと瞑ってから、彼女の方に視線を向けて、まっすぐ見つめて確認するように尋ねた。

「……本当に？」

彼の言葉にジェニファーは頷く。じわじわと彼が言ってくれた告白の言葉が身の内に沁《し》み込んでくる。喜びが体に溢れそうになった。

「それで……レイも私のこと、好きになってしまったんですか？　契約結婚なのに」

心臓の鼓動が聞こえるほどうるさい。けれど彼女の言葉に彼がはっきりと頷くのを見て、ホッとして体中から一気に力が抜けてしまった。

「じゃあ、私達、お互いのことを好きだなって思っていたのに、契約結婚だからってそれを内緒にしていたってことですか？」

ドキドキして、頭がふわふわする。誰かを好きになって、受け入れてもらって、同じように好きだと言われたのは生まれて初めてだ。胸の中に溢れる幸せすぎる気持ちを、どう表現したらいいのかわからなくて、彼の手を両手でぎゅっと握りしめた。すると彼が小さく身震いをして、じっと彼女を見つめた。

「ジェニファー、俺は貴女が好きだ。主君思いで少々融通が利かないところも、真面目で一本気なところも、そのくせ毎回俺に騙されて、閨で思い通りにさせてくれることも……全部可愛いし、愛おしい」

そっと頬を撫でられて、彼からキスをされる。好きだと言われてされたキスは、今までされてきたキスよりもずっとずっと気持ちいい。思わず甘い吐息が漏れる。

「私も、大好きです。レイのたまに陰険で意地悪だったりするところも……全部」

キスの合間に囁くと、彼は立ち上がって今日買ってきたネックレスとイヤリングを持ってくる。

「ねえ。つけてあげるから、髪を上げて」

そう言われて、ジェニファーは自らの髪を束ねて持ち上げた。

「……ほら、ちょうどよかった。俺達がお互いの想いを告白して、想いが通じ合った記念になった」

自慢げな彼の様子にちょっとおかしくなって笑ってしまった。するとレイはネックレスの金具を付けた後、彼女の喉元にキスをする。大好きな彼から想いを伝えてもらい、高価なアクセサリーまで贈ってもらって……これで気持ち良くならない女性なんてきっといないだろう。

「ジェニファーにとって一番大切なのは未だにクローディア様かもしれないが、俺は同じくらい貴女にとって特別な人間になりたいし、俺にとってはもう既にジェニファーが誰よりも大切な人間になっているんだ……アイザック殿下には内緒、ってことにしておいてほしいけど」

真面目な告白の後に、そう茶化《ちゃか》してしまうのは、もしかしたら彼も恋とかそういったことに初心だからなのかもしれない。いや、そうであってほしい。そんなことを考えていると彼が彼女の手を取って立ち上がらせる。自然と彼がジェニファーの頬を撫でて唇が降ってくる。

（いつもと、キスが違う気がするのはどうしてだろう……）

心臓がドキドキと高鳴る。今までは心から湧き出す気持ちを、素直に伝えられなかった。それどころか自分で認めることすら押さえ込んでいるような状態で……。

「ジェニファー、世界で一番、貴女を愛してる」

その言葉に胸がきゅうっと締め付けられて、ぶわっと何かが溢《あふ》れ出《で》そうになる。天にも昇るような気持ち、というのはこういうことなのかもしれない。

「私も、私もレイのこと、愛しています！」

たまらず彼の首に腕を絡ませて彼の唇に噛みつくようにキスをする。お互いに嬉しくて、ふふっと声を出して笑ってしまった。

「最初はこんなつもりじゃなかったんだけどな」

「私もです」

額を寄せ合って笑い合って、合間にキスをして。ゆっくりと彼にソファーで押し倒される。それをするりとすり抜けて彼に手を伸ばして立ち上がるように促す。

「……ベッドの方が、いいです」

本当の意味で、今夜夫婦で愛し合いたいのだと伝わったのか、彼は嬉しそうに立ち手を繋いで二人でベッドに向かい歩き始めた。

だが二人の甘くて熱い夜が始まる前に……。

「失礼いたします、ご主人様。起きていらっしゃいますか？」

寝室の扉がノックされる。レイはジェニファーを抱きしめて、一瞬すごく嫌な顔をする。けれどこのまま外で侍従を待たしておくわけにもいかないだろうと判断したのか……。

「なんだ？　何かあったのか」

寝巻きにガウンをはおった状態で、寝室から顔を出して何やら侍従と話をしている。

ジェニファーはぺたんとベッドに座り込み、今まで夫と交わしてきた会話を思い出して、ドキドキしている心臓を押さえて、呆然としていた。

（本当に、レイが私のこと好きって……契約結婚、契約結婚ってずっと自分に言い聞かせていたのがバカみたい。……私達、これで普通に愛し合っている夫婦になれたんだ……）

両方の手で頬を包み込み、その甘くて幸せな事実を噛み締めていると、レイが話を終えて戻ってくる。だが彼の顔はかなり苦々しいもので……。

「どうか、したんですか？」

そう尋ねると、彼は眉を下げてベッドに座るジェニファーの額にキスをした。

「今から領地に帰らないといけない。現地でトラブルが起きたらしい。父上は母上を連れて、国外に旅行に出ている状態で、留守番役が判断できないと連絡が来ていて……」

もう一度名残惜しそうに頬にキスをする。

「あの、私もついていった方がいいですか？」

彼女の言葉に彼は首を横に振った。

「いや、明日クローディア様はゼファーラス霊廟《れいびょう》に行く予定だろう？」

彼の言葉にジェニファーは頷く。結婚式を控えたこの時期に、クローディアはゼファーラス皇室の人々が眠っている霊廟に向かい、結婚前の挨拶のため参拝する予定で、ジェニファーもそれに同行するのだ。

「だから、俺一人で領地に向かう。心配しなくていい、仕事を終えた夜には……」

耳元に唇を寄せて、彼がかすれた声で囁く。

「今晩の続きをしよう。ベッドで愛を確かめ合うっていう……大事な約束を忘れてくれるなよ」

甘い声にドキドキしていると、レイはジェニファーの唇に素早くキスをする。最後に一つだけため息をついて「おやすみ、ジェニファー」と声をかけて出ていこうとする。

「ちょっと待ってください。せめてお見送りします！」

そう言うと彼女は慌ててガウンをはおって、彼の背中を追いかけたのだった。

第九章　絶体絶命のピンチに夫の許可は待てません

前日、慌てて領地に戻ってしまった夫とは会えないまま、ジェニファーは皇太子宮に向かい、クローディアの侍女の職に従事する。

「本日は、ゼファーラス皇室の霊廟にお伺いして、禊《みそ》ぎ後、一昼夜御籠もりをしていただくことになります」

皇太子宮の神官が御籠もりについて説明するのを、クローディアは真剣な顔をして聞いている。ゼファーラス皇国では、新たに皇室に入る者は祖先が眠る霊廟で丸一日祈りを捧《ささ》げ、結婚後の加護を願うのだと言う。

（霊廟に御籠もりといっても、先祖代々の墓前で聖句《せいく》を唱えたあとは、霊廟の祭壇のある部屋で一日過ごせばいいだけ。部屋も皇族が過ごされるにふさわしい設備の整った部屋だというから……）

いつもとは場所は違うものの、寝食にわがままを言わないクローディアであれば心配することはなさそうだ。また儀式もその場にいる神官の指示通りに行えば良いとの話なので、特段問題になることもないだろうとジェニファーは判断する。

（結婚式前の大きな行事はこれで最後だし、これを終えたらあとは結婚式ね……）

そんなわけで、ジェニファーは当日の担当であるライラとナンシーと共に、クローディアに付き従って霊廟に向かったのだった。

目の前では真っ白な衣装を身につけたクローディアが白い百合を霊廟の石一つ一つに乗せていく。そのたびに聖句を静かに唱える。大理石で作られた霊廟の中は白で統一された美しい空間となっていた。ただ……。

(石の数が多い！)

三桁はあろうという石一つ一つに百合を乗せていく作業はなかなか大変だ。ジェニファーもナンシーもライラもクローディアと同じ白い衣装を身にまとい、花をたくさん乗せた盆を持って傍に控えている。

(クローディア様は、お疲れじゃないかしら……)

傍にいるだけの自分達ですら疲れるのだ。一つずつ洗練された優雅な仕草で花を置き、聖句を唱えているクローディアの疲れはいかほどだろうか。だが、普段から自分を律することに慣れているクローディアは表面上疲れを見せない。

昼前に始めた儀式は終わると既に夕方近くなっていた。儀式を終えて食事をすませると、用意された部屋にクローディアを案内した。さすがに疲れたようでソファーにもたれかかり、目を瞑っている。

「本当にお疲れ様でした。用意された食事はお口に合いましたでしょうか……」

霊廟で出される料理は質素だが、最上級の素材を使った料理のため、大変に美味しかった。ジェニファーは、クローディアが頑張った分、食事に満足してくれているといいなと思う。

「ええ、とても美味しかったわ。皆も交代で食べてきたのよね？」

侍女達の食事まで気遣ってくれるクローディアはやはりできた主人だ。ジェニファーは湯浴みまで終えたクローディアにお茶を用意すると、就寝までの時間を侍女達と静かに会話をして過ごす。

「ライラは、こちらの霊廟とはご縁が深いと聞いたけれど……」

そう話しかけると、ライラは柔らかく微笑んで頷く。

「はい、我が家門は代々、霊廟を守る神官長を輩出《はいしゅつ》している家系ですので……」

普段は物静かであまり積極的に話す侍女ではないのだが、霊廟については良く知っているのだろう、普段より口がなめらかだ。

「そうなのね。こちらの霊廟の歴史についてはいろいろ勉強させていただいたけれど……何か面白い話とかはないの？」

真面目に儀式をし続けて少々飽きてきたらしいナンシーが、情報収集癖を発揮して楽しそうに尋ねる。ジェニファーは彼女達の話を聞きながら、疲れているであろうクローディアの足を揉んでいた。クローディアは仕事をやり終えすっかりリラックスしたようで、少しうとうとしている。

「実は……ここだけの話ですが……」

彼女の言葉にナンシーが興味深げに話に食いついた。

「なになに、気になるわ」

「こちらはゼファーラス皇室の皆様が眠る霊廟なので、当然皇室の方がいらっしゃることが多いのです。それで……」

声を低めて話をするから、つい彼女の話に聞き入ってしまう。クローディアは静かに寝入っている様子なので声はかけずジェニファーはマッサージを続ける。

「二百年ほど前のこと、この霊廟に皇帝が逗留中《とうりゅうちゅう》、護衛をしていた騎士が乱心し、皇帝を襲ったという事件があったんです……」

ナンシーは口に手を当てて不安そうに聞いている。ジェニファーもそんなことがと驚く。

「でも皇帝陛下は無事、襲撃者の手から逃れたのです。実はこの霊廟には秘密があって……」

ナンシーが息を飲んで話を聞いている。ジェニファーも思わずマッサージの手を止めてしまった。

「……霊廟の中には、張り巡らされた秘密の通路があるらしいのです……」

先ほどまで物凄く食いついていたナンシーが、うーんと微妙な顔をする。

「……まあ、良くある話なんですけどね」

ナンシーの反応を素早く読み取ったのか、ライラが苦笑した。

「でも抜け道を通って皇帝陛下は助かったということなので、いざとなったらその道で逃げましょうね」

くすくすと笑うライラを見て、ナンシーは笑顔を返した。

「なるほど、そういった事件があったことで、霊廟の中には参拝者と神官以外は入れないということになったのね。まあ万が一、そういった事態が起きそうな時には、ライラ、貴女を頼りにするわね」

上手くオチがついたところで、ライラとナンシーが忍び笑う。侍女の小さな笑い声にハッと目を醒《さ》ましたクローディアを見て、そろそろ就寝のお時間です、とジェニファーは声をかけた。

「そうね、今夜は良く眠れそうだわ……」

そう言ってゆっくりとクローディアが立ち上がったその時、扉を激しく叩く音がする。

「イリスです。緊急でお伝えしたいことがございます。扉を開けてください」

突然そこにいるはずのない人物からの呼びかけに心臓がドキリとする。嫌な予感がしてナンシーと目を合わせると、彼女は物音を立てずに、静かに奥の部屋にクローディアを連れていく。

「イリス？　どうしたんですか？」

「あ、あの。大変なことがあって……ここを開けて欲しいの。今すぐ」

扉を隔てて尋ねると、イリスの声が酷く緊張していることがわかった。

（やっぱり様子がおかしい）

ジェニファーはわざと時間を稼ぐため、のんびりした声で返事をする。

「ちょっと待って。今クローディア様が着替えていらっしゃるから」

それだけ言うと咄嗟に両開きの扉の取っ手同志を紐《ひも》で結びつけた。その途端、ガチャガチャとドアのノブを回す音がして、続いてドンドンと扉を激しく叩く音がする。

「ねえ、ジェニファー、早く！」

その鬼気迫る様子が余計にジェニファーの嫌な予感を裏付ける。そのまま急いで奥の部屋に向かい、ライラに小さい声で告げる。

「ライラ、貴女はさっき話していたここの抜け道を知っているのね」

言いたくてウズウズしていた様子から、そうではないかと思って尋ねると、ライラは真っ青な顔をして頷く。

「お願い。その道を使ってクローディア様を霊廟の外に逃して。外に出れば霊廟を警備している皇宮騎士団がいるから、彼らに助けを求めて」

頷くライラが隠し扉を開けるために奥に向かうのを見て、ナンシーにこっそりと持っていたナイフを一本渡す。

「多分大丈夫だと思うけど、ライラが敵と内通しているようだったら、これで……」

小声で囁くと、ナンシーは目を見開く。

「ジェニファーは来ないの？」

ナンシーの問いを聞いたクローディアがこちらに近寄ってくる。廊下側では扉を激しく打ち付ける音がして、あまり時間がないことがわかる。

（あれだけ騒いで誰も来ないということは、誰も来られない状況なのかもしれない……）

最悪の事態を想像してジェニファーの頭はいつもより冷静に働いていた。

「私が時間稼ぎをいたします」

そう言うと神具として飾られていた剣を手に取って重みを確かめる。意外と玩具《おもちゃ》みたいなちゃちなものではなく、ちゃんと使い物になりそうで少し安堵する。

「前からお約束していましたよね。クローディア様に命の危機があれば、私が盾になりますと。それに万が一、結婚前にクローディア様に何かあれば、最悪の場合、皇国と王国で戦争が起きるかもしれません」

まっすぐ見つめて言うと、自分の立場を理解しているクローディアは、ぐっと奥歯を噛みしめて涙を浮かべたまま頷く。

「……ジェニファー。絶対に、どんなことをしても生きて戻ってきなさい。……命令です」

涙をこぼさずに、凛と言い切ったクローディアの言葉を聞いて、ジェニファーはなんだか嬉しくて笑みが出た。

「……はい。全力で頑張ります」

さすがに、絶対に帰るとは約束はできなかったけれど……。

「こちらです……」

床の一部を持ち上げて扉を開けたライラの言葉に、ナンシーがクローディアを急き立《せた》てる。三人の姿が消えてから、ジェニファーは隠し扉を閉めて、元通りに直す。

先ほどまで騒いでいたイリスの声が聞こえなくなり、代わりに誰かが扉を蹴っている音が聞こえる。

（この霊廟の外は皇宮騎士団が守っているけど、霊廟の中には神官以外はいない）

逆に騎士団の目をかいくぐって中に侵入さえできれば、霊廟内で何が起きていても気づかれにくいということだ。すぐに助けが来ないという前提で、どのくらい時間稼ぎが必要だろうか。ジェニファーは強引に扉が開かれる前に時間を稼ごうと、その場にあるソファーや机など持てるものを引っ張ってきて入り口をふさぐ。

（クローディア様達が無事逃げられて、皇宮騎士団がこちらに来てくれるまで、扉が持てばいいけど……）

残念ながらそこまでは持たなさそうだ。向こう側でついに斧《おの》を使い始めると、あっという間に扉が壊された。開いたところから男が二人侵入してくると、男の一人が結んでいた紐を切り家具を押しやって強引に扉を開けた。同時に意識を失っているらしいイリスを抱えて、もう一人の男が入ってくる。

（侵入者は三人……？）

思ったより人数が少ない。全員神官の衣装を身につけており、何らかの方法を使って騎士団の目をかいくぐり中に入ってきたのだろう。本来なら神官が持っているわけもない剣を取り出すと、ジェニファーを脅すように振り回す。だが正直、あまり手練《てだ》れとも思えない。

（クローディア様を害しようとしていたくせに、この程度の実力の男が三人だけ？）

思ったより状況は悪くないかもしれない。ジェニファーは大きく息を吸って、剣を両手で構える。

「主人はどこだ？　どうせ奥の部屋にいるんだろう」

その言葉に応えずにいると、男は抱きかかえていたイリスの首にナイフを押し当てる。

「言わないとこの女を殺すぞ?」

一瞬息を呑《の》む。だが自分の目的ははっきりとしている。

「構いません。私達侍女は主人を生かすためならば、最初から命も捨てる覚悟ですから。彼女は意識を失っているようですから、怖い思いをしなくてすみますね」

脅されたにせよ、主人を売ってここまで危険な人物が侵入することを許したのだ。イリスにも厳罰が下るだろう。ジェニファーは怯《ひる》まず、にこりと笑いかけると、男達はぐっと言葉に詰まる。

「だったらお前を捕らえて口を割らせるだけだ」

男達が剣を抜いてジェニファーに切りかかってくるが、騎士達のように連携がとれておらず、男達はバラバラの攻撃だ。しかも一人はイリスを抱えている状態なので対応しなければならないのはとりあえず二人だ。とはいえ……。

(レイ、ごめんなさい。頑張るけどさすがに五体満足の保証はないかもしれないわ)

昨晩、お互いの気持ちが通じ合って、心から愛し合おうと約束していた。こんな状況になってしまったけれど、レイなら今のジェニファーの気持ちがわかってくれるはず。それに先ほどクローディアとも約束したので、手足を失ったとしても絶対に生き残るつもりだ。

最初に飛び込んできた男の剣を受け止め流し、そのまま二撃目に備える。あまり上手い剣ではないが、とにかく力が強くて押されて足を取られそうだ。

(何合も打ち合ってたら、体力切れでこっちがやられちゃう)

早いうちに相手の動きを止めなければならない。ジェニファーは腰を低くして、大振りした男の剣を避けると、間髪入れずに男のすねの辺りを神具の剣で払う。

「あああああああああっ」

神具の切れ味はあまり良くない。正直切ったというよりは、骨を叩《たた》き割《わ》ったような感触だ。とはいえ、生まれて初めての骨を断つ感覚にゾワリと背筋が震えあがり、興奮と恐怖が一気に臓腑《ぞうふ》にこみあげてくる。男は膝をついて痛みにわめいている。訓練された騎士でもない限り、あの痛みには戦闘意欲を失うだろう。

(次は……あの男か)

あと二人、自分で何とかなるだろうか。だがクローディアを逃してからまださほど時間が経っていない。霊廟は広いからまだ外にはたどりついていないだろう。そして廊下側の出入り口は男達が押さえているから、ジェニファー自身が外に出て助けを求め逃げるのは不可能だ。だとすれば、今彼女ができることは、あと二人を倒して外に逃れるか、ここで持ちこたえて騎士団の救助を待つしかない。

そんな計算をしていると、もう一人の男がこちらに剣を向けてくる。

「意外とやるな、ねえちゃん」

予想した通り、口調から言っても傭兵《ようへい》崩れか。ジェニファーは剣を構えなおして前の男をじっくりと見つめる。先に突っ込んできた男よりはこちらの男の方が剣の腕が立つようだ。男は肩の上で剣を構えるようにして、ブンとジェニファーが立っていた辺りを薙《な》ぎ払《はら》う。瞬間後ろに飛んで男の剣を避ける。大振りなわりに、先ほどの男のような隙がない。

腰をかがめた時に、腰の後ろに隠していた投げナイフを取り出し、男に向かって投げつける。念の為いくつか隠し持ってきて良かった。

さすがに飛び道具までは予想していなかったのだろう。こちらに切りかかろうとしていたタイミングだったので、狙いをたがうことなく男の肩に刺さり、男はわめいてナイフを抜くと、こちらに投げつけてくる。咄嗟にそれを剣で払った次の瞬間。

「えっ」

最後の男が、抱えていたイリスをこちらに投げつけてきた。避けようもなく、抱きとめた瞬間、ぐさりとジェニファーの利き腕である右の肩に細身のナイフが突き刺さる。痛みに顔を顰めた瞬間、目を開いたイリスがニヤッと笑ったのに気づいた。刺したのはイリスだ。

次の瞬間、クラッとするような眩暈《めまい》を感じる。

「あら、ナイフに塗った毒薬、良く効くのね……」

眩暈にこらえきれず、膝をつくジェニファーを見おろして、立ち上がったイリスが楽しそうに笑った。

＊＊＊

昨夜慌てて飛び出した割には、ブラック領地の問題はすぐに解決し、レイは夜から職務に復帰できた。

「そうか、領地の方は大きな問題がなかったのならよかったよ」

報告を受けた皇太子は普段通り笑顔で答える。その時、皇太子の警備をしていたルフト子爵の元に騎士団の伝令がやってきて耳元で何か情報を告げた。

「皇太子殿下、皇宮騎士団よりただいま届いた急報です。ゼファーラス霊廟に滞在中のクローディア様が襲われました。現在は警備していた騎士団に救助されご無事であることが確認できております。……ですがブラック侯爵夫人が現在行方不明です」

その言葉の意味がわからなくて、一瞬言葉を失ってしまう。

「状況を報告しろ」

大きな声で問うアイザックの言葉に伝令は頷く。

「はい、クローディア様は霊廟内の隠し通路を使って、侍女のライラ嬢とナンシー嬢と共に霊廟の外に脱出されました。そしてすぐに警備中の皇宮騎士団に助けを求められました。ですが……」

ちらりと申し訳なさそうな顔をして騎士はレイを見つめる。心配そうなアイザックの視線すら気にならないほどに、心臓がバクバクと鳴り、背筋にぞっと冷たい汗が伝う。

「……ジェニファーは行方不明だと、言ったな……」

尋ねる自分の声がどこか遠くから聞こえる。だがその状況なら彼女は……。

「侯爵夫人は最後まで部屋に残って、クローディア殿下の霊廟脱出までの時間稼ぎをするとおっしゃったそうです。クローディア様からの急報を受けて、騎士団は急いで霊廟の隠し通路と、正面入り口と両方から救助に向かったのですが……」

そう言うと、男は大きく息を吸って話を続けた。

「部屋の方には既に人はおらず、隠し通路は閉じられたまま。神具の剣が使用された形跡があり、何者かの血液が付着。床にも垂れていたそうです」

ゾワリと一瞬で総毛立った。襲撃者は剣を持っていただろう。であれば神具の剣を使ったのはジェニファーだ。武芸が達者で、赤鷲騎士団長の父を持つ彼女のことだ。きっと勇敢に襲撃者達と戦ったのだ。だが行方不明になっているのなら……。

「アイザック殿下」

主君を呼ぶ声は鋭かった。レイの顔を見たアイザックは頷く。

「皇宮騎士団を好きに使ってくれ。できる手段はすべて使用してもらっていい、私が許可する。指揮はブラック侯爵に任せると、騎士団長に伝えてくれ。ジェニファーはクローディアにとっても一番大切な侍女だ。どんなことをしても、確実に救い出せ。……ジェニファーには、絶対に結婚式に参加してもらわないと困るからな」

アイザックはそう言うと、レイの肩を叩いた。その力強い手にはじかれたようにレイは部屋を飛び出す。

レイがアイザックに退出の礼もせずに飛び出したのは、この時が生まれて初めてだった。

「何があったか、知っている限りすべて話してくれ」

レイは皇太子宮の廊下を走りながら、伝令に今わかっている状況について確認する。

「そうか……イリス嬢が緊急の報せを持って、霊廟内に入ったと」

「……神官が何人も殺されたのか。神官長のモルガン子爵は？」

「重傷を負われ、現在治療を受けています」

ライラの父、モルガン子爵は霊廟を守る神官長を務めていた。ライラは父のことを知ればショックを受けるだろう。だがライラがいたおかげで、秘匿されていた通路を使いクローディア達は無事逃れることができたのだ。

（状況からみれば、イリス嬢は男達に脅されて霊廟内に入った、とみるのが普通だろう。だが……本当にイリス嬢は被害者なのか？）

自分の中ですんなりと収まりがつかない。ずっと首筋に刃物を突きつけられているような感覚が抜けない。

「皇宮騎士団長に、今すぐハンター伯爵家の家宅捜索をするように命じてくれ。特にイリス嬢の部屋を重点的に。それと令嬢付きの侍女やメイドに話を聞くように」

一瞬で判断すると、レイはそう伝令に命じていた。

「はい、かしこまりました」

伝令が走り出そうとするその背中に、もう一件用件を追加する。

「当然確認していると思うが、城下町で最近羽振りが良くなった人間や、大金が入ると話をしていたゴロツキがいないかも調査してくれ」

「了解いたしました！」

駆け出す伝令はさすがに足が速い。レイも追うようにして移動し、馬を借りるとまずはゼファーラス霊廟に向かった。

＊＊＊

「ここか、ジェニファーが攫われたと思われる場所は……」

クローディアが休んでいたという部屋の扉は無残にも叩《たた》き壊《こわ》されている。ジェニファーはさぞかし怖い思いをしたことだろう。それでも彼女は主人を逃すためにこの場に立って戦ったのだ。床に飛び散っている血痕は、ジェニファーのものだろうか。それともジェニファーに切り付けられた人間のものだろうか。後者であることを心底祈りながら近づくと、そこには血で何かが書かれていた形跡が残っている。

「これは……」

棒に何か布がついているようなへたくそな絵だ。瞬間、ハッとした。

「……ジェニファーに面白がられたアイリスの絵か」

（つまり……ジェニファーが、犯人がイリスであることを知らせようとしたんだ）

気づいた瞬間、カッと熱がこみあげてくる。屈託なく笑う妻の笑顔が胸に浮かんでじっとしていられない。

（早く、早く、早く……）

ジェニファーがその事実を知っているのなら、イリスは彼女を生きて返すつもりがないのかもしれない。

そう気づくと大切な妻にもう二度と会えなくなるのではないか、という恐怖で周りの空気が一瞬で薄くなったような気がした。いやそんなことは絶対にない、そうはさせないと自分に言い聞かせながら、全速力で走り始める。

「ブラック侯爵、どうされましたか！」

霊廟で自分に付き添っていた副騎士団長も伴走する。鍛えている騎士は全力で走っているレイの後を息も切らさずついてきた。

「今回の事件の犯人はイリス・ハンターだ。ハンター家にゆかりのある場所で、人を隠すのに都合が良く、ここからあまり離れていない場所を今すぐ調べてくれ。いや、俺がハンター伯爵に会いに行く」

その言葉に、副騎士団長がハッとした顔をした。視線で伝令達を各々の場所に向かって走らせる。

レイは霊廟から駆け出すと、そのまま新しい馬を借りて駆け出した。

ふと初めてジェニファーと一緒に馬に乗って遠乗りをした時のことを思い出していた。

「まったく貴女という人は……」

出会った時から唐突で、びっくりするような行動力のある令嬢だった。だがそんな彼女を見て不思議なほど嫌な感じはしなかった。それは彼女が私心なく心からクローディアという主人を敬愛している様子が見て取れたからだ。

（あぁ、そうだ。イリスや、今まで自分に近づいてきた女性達と、ジェニファーはまったく違っていたんだ）

イリス達は女性としての魅力を振りかざし、そのくせどこか卑屈な態度でレイを手に入れようと必死だった。なのにレイの想いや考えに関心などない。アイザックの側近であることや、名門ブラック家の侯爵当主であること、彼の整った見た目や権威と金にしか興味がない、ということが良くわかっていた。

（まあジェニファーにしたって、都合がいい相手という意味では似たようなものだったかもしれないが……）

あくまでも主人に仕え続けるため、という割り切った理由で近づいてきたのが、かえって良かったのかもしれない。いやらしいネチネチした部分などみじんもなく、明るくて闊達で……彼女は単なる主人馬鹿だ。そんなところがなんだか信頼できて彼女のことを好きになっていた。愛おしくて何よりも大切な妻だ。

『私も、私もレイのこと、愛しています！』

快楽堕ちなんて馬鹿なことを企む、不器用でどうしようもない男に、彼女が愛を伝えてくれたのは、今からたった一日前。まだ舞い上がるような歓喜の感情も、これほど鮮明なのに……。

お互いの思いが通じ合って、これから夫婦として長い時間を一緒に過ごせると信じていた。愛し合う二人ならじきに子供も授かるかもしれない。いや、ジェニファー自身は授かる気満々だった。

（……それ、なのに……どうして）

気づくとハンター伯爵邸にたどり着いていた。馬は走りすぎて可哀想に息が上がっている。それを騎士団員に預けると玄関から屋敷に入っていった。

既に調査が行われている状態なのだろう、入り口には騎士団が詰めており、ハンター家の執事が右往左往している。

「ハンター伯爵はどこだ？」

レイの声に騎士団員が伯爵の執務室に案内する。中には真っ青な顔をしたハンター伯爵と、騎士団長が何やら話をしている様子だった。

「ブラック侯爵……このたびはご夫人が大変なことに……」

レイの顔を見ると、イリスの父親は憔悴《しょうすい》した顔をして、息を吐く。

「うちのイリスも攫われたと騎士団長から聞きました」

「いや、イリス嬢が攫ったんです。俺の妻を！」

カッとして声を荒らげてしまった。ハンター伯爵はレイの様子に顔を顰《しか》めた。

「イリスがそんなことをするわけがない。騎士団長、娘を……娘を探してくれ。娘さえ見つかればすべてがわかるはずです」

伯爵は騎士団長の腕を掴んで、訴えかけるような顔をしている。

（……この様子だと、ハンター伯爵は直接関わってないのかも知れないな）

即座に判断すると、レイは傍にいた侍女に声をかける。

「イリス嬢の部屋に行く。そこに彼女の侍女も全員揃えておいてくれ」

副騎士団長は引き続き付き従ってくれるらしい。レイの後を追って案内されたイリスの部屋までやってくる。

「俺はイリス嬢がジェニファーを攫ったのは間違いないと確信している。このまま事件が発覚すれば、貴女達までイリス嬢に協力してアイザック殿下の婚約者に害をなそうとしたと判断されるぞ。今、情報を俺に言えば、事件解決の協力者として騎士団に報告することができる」

そう言った途端、一瞬視線が泳ぐ侍女がいた。必死にごまかそうとしている侍女の目を見ながら、レイは再び訴えかけるように話を続けた。

「俺の妻が……ジェニファーが攫われているんだ。愛している妻をこんな形で失いたくない……」

相手の心を揺さぶってやろうと思って言ったセリフなのに、ジェニファーを思う気持ちが強すぎて思わず声が震える。すると目線を泳がせていた侍女がハッと顔を上げた。

「すみません。……私、イリスお嬢様のいらっしゃる場所、わかると思います。それにイリスお嬢様はジェニファー様のことを憎んでいました。ですから一刻も早く向かわれた方が……」

彼女の言葉に、咄嗟に手を伸ばし、彼女の手を引く。

「どこだ、その場所は！」

＊＊＊

何やら人がぼそぼそと話している声が聞こえた。ジェニファーが体を動かそうとした瞬間、ズキリと右腕に痛みが走る。刹那、彼女は何があったのかすべて思い出していた。

（イリスに毒を塗った剣を刺されて……）

どうやら毒は死ぬようなものではなく、一時的に意識を奪うようなものだったらしい。今いるのはどこかの小屋ではないかとあたりをつける。

（多分だけど、皇都からはそこまで離れてなさそう。体調も……毒を使われた割には思ったほど悪くない）

頭はズキズキと痛いが、呼吸もできるし体に力が入らないことはなかった。そっと手足を動かして確認する。

（ただ……さすがに行動の自由は奪われているのね）

両手首両足首を縛られている状態だ。だが女だとこの期に及んでも侮られているのか前で縛ってくれているから、なんとか解けないかと動かしてみるが、結構しっかりと結ばれていて動いたくらいで緩むような縛り方ではなかった。手足の紐は繋がっていないから、ぎりぎり立ち上がることはできそうだが、何よりもロープを切りたい。何か武器はないかと気づかれないように探すが、さすがにそんな都合の良いものはその場にはなかった。

「さっさと殺したらいいじゃねーか。あんなクソ女」

荒らげた声が聞こえる。多分先ほどジェニファーが脛を切りつけた男だろう。ゾワリと悪寒が背筋を走る。どうしてか殺されずここに連れてこられたようだが、少なくともあの男は命じられたら喜んでジェニファーを殺すだろう。

「せっかくだから、目が覚めるまで待っているのよ。それでブラック侯爵夫人になろうとした罪を懺《ざん》悔《げ》させて、それから嬲《なぶ》り殺すつもりなの。だから少しだけ待ちなさい」

イリスの言葉に男達は唸りながらも納得したようだ。

「はいはいはい。金払いのいいお嬢様の言うことには従いますよ。ああ、最初の契約通り、あの女をバラして始末した後、しっかりと全額、金を払ってもらいますがね」

そう答えるのは、聞いたことのない声だ。つまりイリスを投げつけてきた三人目の男だろう。この男が頭といったところか。

「お金に関しては心配しないで。その代わり私の言う通りにするのよ。クローディア様は無事逃げたし、私は脅されて攫われた被害者。忠臣である侍女のブラック侯爵夫人は最後まで歯向かって犠牲になった。けれど彼女の忠義心にみんな涙を流しても、婚礼前の皇太子妃が犠牲になるよりはよかったと思うはずよ……」

（クローディア様は無事逃げられたんだ！）

イリスの言い方はムカつくが、少なくともその事実が知れたことは大きい。

（あとは……私がなんとか助かりたいけど……）

レイは床に書いたイリスを指し示す血文字に気づいてくれただろうか。

（単なる契約結婚の妻だったら気づいてくれなかったかもしれない。でも……昨日の彼の告白を聞いたから、私は最後まで諦めずに彼を信じていられる）

クローディアの侍女となった時から、万が一のことがあっても主君を救えたのなら、笑って死ぬことができる。そう自分に言い聞かせていた……。

（でも今は私……レイが悲しむから、絶対に死なないけどね！）

とりあえずイリスはジェニファーが起きるのを悠長に待ってくれるらしい。

だったらひたすら狸寝入り《たぬきねい》りを決め込もう。賢いレイが、イリスが犯人だと気づけば絶対に助けに来てくれる。

寝たふりをしつつも何とかひもを解こうと頑張るものの、さすがにそこまでイリスも気が長かったわけではないらしい。解けないうちに男がジェニファーの元にやってくる。

「ほら、起きろ」

言うやいなやジェニファーの腰の辺りを思いっきり蹴りつける。痛みに思わず唸ってしまうと、髪を掴まれて、むりやり引き起こされた。

「目が覚めたか、侯爵夫人」

有り難いことに、脛を切り付けた男は動けないのか、先ほどの頭らしい男が来た。ジェニファーが仕方なく目を開けるとイリスが近づいてきた。

「今からこの男達に、貴女は殺されるのよ？」

ニヤニヤと笑って話しかけてくる。明らかに自分が優位だと思って微笑む顔に、ぐぅっと臓腑《ぞうふ》から苛立ちを感じるけれど、自分を馬鹿にしているのなら隙を招くことができる。ジェニファーは冷静に思考を保つ。とにかく少しでも時間稼ぎがしたいのだ。息を吸ってゆっくりと吐き出して怒りを抑制した。

「ほら、膝をつけ」

立ち膝の状態でイリスの前に座らされる。前に立つイリスは醜悪な表情を浮かべ、男の代わりにジェニファーの髪を掴んで顔を覗き込む。

「イリス……ここは、どこなの？」

わざと不安そうな声を上げると、イリスは本当にうれしそうにニィッと笑った。

「さあね。どこでも関係ないでしょう。貴女は今から死ぬんだから」

「……どうして、こんなことを？」

そう言った途端、平手打ちが飛んできた。

（い――った）

お嬢様の割にはいい平手打ちだ。イリスは頬を張り慣れているのだろう。つまり侍女を叩いて躾《しつ》けるタイプの令嬢なのだ。

（よかった。これなら侍女がイリスを裏切る可能性が高いわ）

貴族令嬢がこんな傭兵崩れを一人で雇えるわけがない。絶対に侍女を連れて動き回っているだろう。レイならその情報を見逃さないはずだ。ただしここで力強く反論すればイリスは苛立って、ジェニファーをすぐにでも殺すかもしれない。であれば、ボロボロになって泣き付く方がイリスを喜ばせ、彼女を殺さずにいたぶりを長引かせるだろう。

「うっ……ううっ」

涙は残念ながら出ないけれど、とりあえず泣いているふりをすると、彼女は楽しそうに声を上げて笑う。

「あははは。アンタみたいな女が図々しくレイに結婚を申し込んで妻になろうとするからいけないのよ。自分の愚かさを謝罪しなさい」

「う、ううっ……なんで私が」

「うるさいわね、謝りなさいよ！」

髪を持って振り回される。ギリギリと頭が痛いおかげで意識を失わずにすんでいる。ただ吐き気と頭痛で最高に気持ちが悪い。

「はぁっ、イリス。もう、やめてっ……わかったわ。あの、申し訳……ううっ」

時間稼ぎのために、謝りそうで謝らない作戦を決行する。すると泣き真似《まね》をしているジェニファーを確認しようとイリスは顔を覗き込んだ。

「……可哀想に。貴女が死んだ後、レイは私と結婚するのよ！　ざまぁみろ！」

そう高らかにイリスが宣言した刹那、突然、扉がバンと開いた。

「お前と結婚なんて、死んでもお断りだ！」

声を聞いただけで全身の力が抜けそうになった。扉を蹴り飛ばして中に入ってきたのはレイだった。

「レイ！　来てくれたのね」

信じていた！　歓喜の勢いでジェニファーは一気に立ち上がり、頭の硬い部分を思いっきりイリスの顎にぶつけた。頭痛と気持ち悪さが最大で吐き気を堪えるのに必死だが、刺されるわ、頬を張られるわで、一方的にやられていた相手に一矢報いて興奮で覚醒する。

「ギャッ」

突然の衝撃に脳震盪《のうしんとう》を起こしかけて膝が折れるイリスの頭を、今度は縛られたままの両腕の中に抱え込み、親指でイリスの気道を押さえた。

「貴方達、ご主人様が窒息死したら、お金をもらいそびれるわよ！」

あまり武芸が得意ではなさそうなレイを援護射撃するため、そう台詞を言って男達の顔を確認しようと前を向く。

「……え？」

だが目の前に映ったのは、剣を片手に襲いかかってきた男を、レイが鋭い剣裁きでなぎ払ったところだった。

（ちょ、ちょっと待って？）

男は呆然とした表情のまま、ドウッともんどり打って倒れた。

……レイはもしかして武芸まで完璧なのだろうか。隙が一分もない綺麗な太刀筋で、こんな時なのにその見事な一太刀《ひとたち》に、ジェニファーはうっとりと見とれてしまった。

「ブラック侯爵。事情聴取をしたいので、全員は殺さないでください！」

悲鳴のような声を上げて、慌てて脛を切られた男を確保する騎士と、もう一人は走り寄ってレイを止めようとする。

血まみれの剣を鞘《さや》に戻し大きく息を吸っていても、レイの美貌が崩れることもなく、乱れた髪すら素敵だ。

「ねぇ……見て。レイって有能で強くて最高にカッコいいでしょう？　あの人、私のことを世界で一番愛してるって言ってくれたの」

腕に抱え上げ、動けないように喉元を締め付けながらジェニファーは、愕然としているイリスの耳元にとっても嬉しそうに話しかけた。

「つまり……貴女の陰謀は失敗したの。残念でした。ざまぁみろ！」

瞬間、イリスがキィィィィッと声を上げるのを聞きながら、ジェニファーはにっこりと笑ったのだった。

第十章　ハッピーエンドはお約束ですから！

ジェニファーの元にレイが駆け寄ってくる。バタバタと騎士団員達が入ってきて、イリス達は捕らえられた。

「貴女って人は……」

レイはジェニファーの手足を縛っていたロープを持っていたナイフで切って外す。次の瞬間、大きな彼の体に抱きしめられていた。掠れ、切羽詰まった彼の声が直接体に響く。

「こんな無茶をして……」

「ご、ごめんなさい……」

「いや、謝るのは俺の方だ……」

その言葉にジェニファーは顔を上げた。髪は乱れ、埃《ほこり》だらけで、しかも血しぶきまで飛んでいる夫が目を潤ませて彼女を見つめていた。

「貴女は大切な主君を守るという、なすべきことをしただけだ。俺達の、ゼファーラス皇国側の対応に問題があったんだ。こちらの危機管理が十分であったら、貴女をこんな目に遭わせなくてすんだはずだ。……怪我《けが》までさせて、本当に申し訳……ない」

ジェニファーの右腕に滲《にじ》む血を見て、彼が深く頭を垂れた。

「……だが貴女が生きていて、本当に……本当に良かった」

怪我をしている腕を避けて、もう一度存在を確認するかのように、ぎゅうっときつく抱きしめられた。彼の腕の力と、彼の香りと、彼の声を聞いて、ようやく自分が死線のギリギリのところで踏みとどまったのだ、ということが理解できた。途端に膝が笑い、体がガタガタ震え出す。

「レイ、レイ……」

必死に彼の名前を呼ぶことしかできない。声が震えて、感情が高ぶって涙が溢れてくる。怖いとか痛いとか、辛いとかではなくて……。

「私、レイに、もう会えないかと思いました……」

ぼろっと零れた涙を咄嗟に指で払う。

「……でも、レイが絶対に捜し出してくれるって信じていました。……だからどんなボロボロの姿になったって、手足の一本や二本、失ったって貴方が来てくれるまで、少しでも時間を稼ごうって思って……」

彼の目を見て、泣き笑いの表情でそう告げると、彼もぐっとこみ上げる感情を必死に堪えるような表情で彼女を見つめた。そっとイリスに平手打ちされた頬を、痛まないように指先だけで撫でて唇を寄せる。

「あぁ、ジェニファーは本当に最高の女性だ。貴女をこうして抱けて、俺は心の底から幸せだ」

彼はそう言い、ぽろぽろと涙を零し続けているジェニファーに優しくキスをすると、泣き笑いのような表情を浮かべた。

「……けれど俺の心臓が持たないから、もう二度とこんな無茶はしないでくれ」


その日は夜も遅かったので、ジェニファーの事情聴取は行われず、まずは侯爵邸に戻り医師の治療を受けた。そして彼女に腕の傷と頬を叩かれた以外の傷がないと診断されて、レイは心底ホッとしているようだった。

「ジェニファーを襲った男達は、一人は左の脛の骨折。もう一人の男も肩に刺さったナイフは骨に当たるほどの傷だったらしい」

それを聞いて自分の圧倒的勝利だったたな、とジェニファーは少し嬉しくなった。実際ジェニファーが負ったのは、毒を塗ったナイフで掠った程度の右腕の傷と、頬を平手で打たれた傷。どちらも卑《ひ》怯《きょう》なイリスにつけられた傷だけだ。そう言うとレイは呆れた声を上げげた。

「確かに。貴女が武芸に長けているとは知っていたが……」

「愛剣が手元にあって、あとイリスの邪魔がなければ、今回も無傷で勝てたと思います！」

キリリとした顔をしたら、ペシンと軽く頭を撫でる程度に叩かれた。

「調子に乗らない！　今回だって敵がまともな騎士だったり、犯人の目処《めど》がつかなくて救出までに時間が掛かったり運が悪かったら、貴女は本当に生きて戻れなかったかもしれないんだぞ！」

眼鏡の奥の目を三角につり上げて怒るレイを見て申し訳なく思う一方で、叱られること自体が、彼の元に戻って来られたからだと実感できて自然と唇が緩んだ。

「なんで笑っているんだ！」

「だって……助けに来てくれたレイがすごくかっこよかったから。まさかレイがあんなに強いなんて思ってもみませんでした！」

ぜひ、今度手合わせしてもらおうなんてワクワクしてしまう。いや、今の自分の情緒は少々おかしいかもしれない。多分危機的状況から救い出された安堵で興奮しているのだろう。少し落ち着かないと、と深呼吸をして彼はため息をつく。

「……強いか……。確かに嗜《たしな》みとして武芸一般は習ったが……貴女が攫われたから必死だっただけで、俺自身は貴女の父上のように強くはない。正直人を切ったのだって、今回が生まれて初めてだったくらいだ……」

彼は一瞬なんとも言いがたい苦笑のような形を唇に刻み、男を切り捨てた右の拳をぎゅっと握りしめた。そんな彼の様子を見て、ジェニファーはハッとして不用意な言葉を言ったことを後悔する。たとえ武芸が上手かったとしても、彼は文官だ。単純な暴力での解決方法を望むような人ではないのだ。先ほどの返り血を浴びた彼を思い出して、今は洗って消えている血の痕に触れるようにそっと彼の頬を撫でた。

「ごめんなさい。単細胞な私ですけれど、これからはできるだけ誰も傷つかずにすむ方法を選ぶようにします。物事がこじれる前に、レイにも気になったことは何でも相談します」

イリスについても、クローディアと上手くやっているようだったからと、自分に対しての態度の悪さをあえて見逃していたのはジェニファー自身だ。もし自分で解決できると甘い見通しを立てず、もっと早くから彼に話していたら、状況は違ったかもしれない。冷静に考えているうちに興奮が冷めて、その分ほろ苦い気持ちで彼を見上げると、彼は切なげな笑みを浮かべた。

「お互い反省するところはたくさんあるかもしれない。だが今回は大切な人が守れて、貴女が無事だった、その幸運に感謝しよう」

彼の言葉に頷くと、ベッドに横になるように言われる。レイが優しく頭を撫でてくれるから、ジェニファーは一気に疲れが出て、翌日の昼過ぎまで、こんこんと眠り続けたのだった。

＊＊＊

「ジェニファー‼」

二日後、ようやく職務に復帰することが許されたジェニファーがクローディアの部屋に入った瞬間、彼女の大切な主人は涙を目に浮かべて走り寄ってきて彼女に抱き着いた。ナンシーもやってきて、そっとジェニファーの肩に手を乗せる。

「ジェニファー、無事でよかった……」

「クローディア様も、ご無事で……」

お互いに手を握り合って無事を喜び合った。

「貴女が無事で本当によかった。それにライラのお父上も、今朝意識を取り戻したそうよ」

ナンシーの言葉にハッと顔を上げる。ゼファーラス霊廟の神官長であったライラの父は一時命を危ぶまれるほどの重症だった。だが無事意識を取り戻したらしい。

神官長の話によると、イリスと見かけない神官に扮《ふん》した三人の男達は、異常に気づいた神官達をかたっぱしから剣で排除したらしい。そしてそのまま手荒い方法を用いてクローディアの部屋に向かったそうだ。そして神官長室にいて外に助けを呼ぼうとした神官長を、男達は背中から切ったということだった。

「……それで、今回の事件の目的はクローディア様ではなくて、ジェニファーだったたって聞いたんだけど、それって本当なの？」

信じられないといった様子で聞くナンシーの言葉にジェニファーも頷く。

イリスはクローディア誘拐を企んだように見せかけて、彼女を守ろうとするジェニファーを亡き者にしようと計画していたようだ。それだけのために多くの神官達の命を奪ったのかと背筋がゾッとした。

「ええ。私さえいなくなれば、レイを手に入れられるからってイリス本人に言われました。この一件に巻き込んでしまったクローディア様や侍女の皆、それに霊廟の神官の方々にはいくら謝罪してもしたりないです」

ジェニファーが頭を下げると、クローディアは彼女の肩に触れて首を大きく横に振った。

「それを言ったらジェニファーは私についてきてくれるために、ブラック侯爵との結婚を決めたわけだし、結局は私が原因だとも言えるけれど……」

クローディアはまっすぐジェニファーを見て微笑む。

「でもね、私はそうは考えないわ。だって誰が何を選んで何をしようと、他の人に責任なんてあるわけない。決断はその人自身が選択したものよ。だからジェニファーはこれからも自分らしく生きたらいいと思うし、私もそうするつもり」

はっきりと自分の思いを伝え、まっすぐな視線を向けるクローディアに、ジェニファーは目を瞠る。

「クローディア様、お強くなりましたね」

思わずそう言うと、彼女は照れたように目を細めて答えた。

「だって私……アイザック殿下の妻、ゼファーラス皇太子妃になるのですもの」

にこりと笑ったクローディアはいよいよ迎える結婚式に向けて、本当に美しく気高い笑みを浮かべる女性となっていた。

「でもね、ジェニファーが今回無事戻ってきてくれたからこそ、そう考えられたの。やっぱりジェニファーに何かあったら、結婚式すら怖くなって逃げ出したかもしれないわ。両国にとっても、何よりブラック侯爵や、ジェニファーのご実家の方々のためにも、ジェニファーが無事に帰ってきてくれて、本当に良かった」

　クローディアの言葉にナンシーが頷く。

「そうよ、それにあと一週間でクローディア様の結婚式ですもの。イリスがいなくなった分も、フィラとスザンナと協力して、私達、必死に働かないといけないわよ」

　彼女の言葉に、奥で静かに様子を聞いていたスザンナも近づいてきて一緒に頷く。

「そうですね、今日からライラも復帰できると言っていましたから……」

「では、クローディア様を世界で一番美しくて幸せな新婦にするために、私達一丸になって頑張りましょう！」

　ジェニファーがいつものように明るい声を上げると、何故かクローディアまでが笑顔で『はい、がんばりましょう』と答えてくれた。その様子に他の侍女達もくすくすと笑う。ジェニファーはいつも通りの和気あいあいとした空気を感じて、ようやく日常が戻ってきたような気持ちでほっと安堵の息をついたのだった。

＊＊＊

　事件以降初めての仕事を終えて帰宅すると、ちょうどレイも戻ってきたところだった。夕食を二人で囲む。

「なんだかホッとしたからか、ご飯がすごく美味しくて」

例の事件以降、どういうわけか食欲が増している。おかげでいつもにも増して美味しいゼファーラス風の侯爵邸の食事を取っていると、彼はそんなジェニファーの姿も微笑ましいといった様子で見つめている。

「貴女が本当に元気そうで安心したよ。あんな事件があったせいで、食欲が落ちたら心配しているところだ。まったくジェニファーは最高だな」

そんなことすら誉め言葉にしてしまうらしい。本当に私の夫は可愛い人だ、などとジェニファーはにこにこの笑みが止まらない。

「そういえば、そのあとはどうなったんですか？」

食事を終えてお茶を持ってきてもらったタイミングで、ジェニファーは改めて事件について彼に尋ねた。彼の元にもいろいろ情報が入ってきているのだろう。彼女の表情が落ち着いているのを見て、現状について話してくれた。

「例のお茶会以降、実家から謹慎処分にされたロゼリア公爵令嬢は頼りにならないと、イリスは判断したらしい。それで町にいた傭兵崩れの男達を雇って単独で事件を起こしたようだ……。イリスの処分は厳しいものになる。もちろん知らなかったとしてもハンター伯爵自身も処罰は免れないだろう」

レイの話を聞いてジェニファーは頷く。貴族の社会で王女誘拐未遂など起こせば、当然連座が適用される。実家まで巻き込まれるのは言うまでもない。

「でも私が憎かったとしても、なんでこんな事件まで起こしたんでしょうね……たとえ成功したって、事件は徹底的に調査されるでしょうし、そうすればすべてが明るみに出たでしょうに」

自分だけは罪に問われないと思ったのだろうか、という彼女の疑問に、レイは苦笑交じりに答えてくれた。

「いや、自分が被害者を装えば疑われない。単純に『バレない』と思いこんでいたようだな。男達が目的を達したあとは、その男達の口封じを家門の騎士達にさせるつもりだったと。事件後に親を巻き込めばいいと思っていたようだ」

「びっくりするほど、身勝手で浅はかで、行き当たりばったりの犯行だったんですね」

とはいえ、途中までは彼女の思い通りに行ったのだ。そしてその後は、『最後まで抵抗したジェニファーは殺されたが、イリス自身は誘拐されながらも運良く生き残った』というシナリオで、彼女が被害者の顔をしたら、一体どうなっただろうか。

(でもレイがいたら見逃さなかったと思うけど……それでも私は殺されていたのかもしれない)

時間が経つにつれ、自分が辿《たど》った道は危険極まりないものだったのだと再確認せざるを得ない。

「ああ、貴女があの血で書いたメッセージを残してくれなかったら、彼女の思い通りになっていた可能性があったと考えると冷や汗が出るな」

レイも同じように考えていたらしい。ジェニファーは彼の言葉に頷いた。

「今、イリスと、父である伯爵はひとまず牢《ろう》に幽閉中だ。そして一族は全員、自宅謹慎処分となった。

皇太子殿下の結婚式が終わった後、追って彼女達の処分が下される予定だ」

ジェニファーはレイの話を聞いて頷く。一旦処分が保留されているのは、慶事の前だからだろう。本来なら、クローディアの挙式を大忙しで一緒に準備するはずだった同僚の現状に、なんとも言いがたい気持ちになった。

「ところで、二日ぶりにお会いしたクローディア様はお元気にしていらしたか？」

何かを考え込んでしまった様子のジェニファーに彼はわざと明るく声をかける。

「はい。今回の件で落ち込んでしまった私に、『人がした決断はその人自身が選んだもので、他の誰かのせいじゃない。だからジェニファーは自分らしく生きたらいい』と言ってくださったんです」

彼女の言葉にレイも何度も頷く。

「確かにそうだな。貴女が今回の事件について、気に病む必要はない」

そうまっすぐ見て言ってくれた言葉は、たとえこれからイリスに極刑が言い渡されたとしても、ジェニファーの責任ではない、と言ってくれたように思えた。

「それにジェニファーは幸せにならないといけない。俺のためにも、クローディア様のためにも、義父上や義母上を初めとした実家の家族のためにも……な。あぁ、そう言えば、サザーランド騎士団長がゼファーラスに来るぞ」

その言葉にジェニファーは驚きの声を上げる。

「え、お父様が？」

「ああ、王女の結婚式に参列する国王陛下の護衛としてだそうだ。今回の事件もあって、急遽《きゅうきょ》他の護衛騎士と交代してお義父上が来ることになったらしい。ジェニファーを危険な目に遭わせてしまったことを直接謝らないといけないな」

少し落ち込んでいる様子の夫を見て、ジェニファーは柔らかく微笑む。

「大丈夫です。きちんと主君を守ったと、逆にお褒めいただけると思います。うちの父はそういう人です」

その言葉にレイは小さく笑う。

「親子の関係というのは、やっぱり良いな」

食事を終えたテーブルからさりげなくジェニファーをエスコートしたレイが、にっこり笑った後に彼女の耳元に囁きかける。

「ということで、この間お預けになった子作り、今夜辺りはどうだろうか?」

突然色っぽいことを言われて困りつつも、騒動のゴタゴタで彼と触れあえていなくて、少し寂しかったジェニファーは真っ赤になったまま頷く。ベッドに向かう準備をするために自室の前で彼の手が離れた瞬間、彼から一つおねだりをされた。

「そうだ。この間贈ったネックレスとイヤリングもしてきて欲しい。……いいだろう?」

理由はわからなかったものの、先日の続きに必要なのだと思ってジェニファーはわかったと頷いて一旦部屋に戻ったのだった。

＊＊＊

「ガウンを脱いでくれるか？」

夫婦の寝室に行くと、いきなり彼にそう言われた。

「あの、本当にこんな感じでいいんでしょうか……」

ジェニファーはドキドキしながら彼にもらった豪奢なエメラルドのネックレスとイヤリングを着けた姿を見せた。それ自体はもちろんとても美しくて綺麗なものだけれど、今ジェニファーが着ているのはドレスではなく、薄くて肌が透けるような、艶っぽい寝間着だ。落差がすごいことになっているのではないだろうか。

（でも……彼の言う通りにしてきたし……）

不安げに彼を見上げると、彼は恥ずかしげに立つジェニファーを見て、大きく頷く。

「ああ、これでいい……とても素敵だ」

「でも……」

本来こんな身に付け方をするような宝飾品ではないのだ。落ち着かない顔をしているジェニファーの手を取り、彼はベッドサイドまで連れて行くと、ベッドには行かず横にある大きな鏡の前に立ち、その覆いを外した。

「ほら、良く似合っている……」

試着した時は外出用のドレスをはおって身につけていたが、今は閨で着る薄く艶めいた衣装だ。鏡越しに見つめている彼の熱っぽい目も、告白された時の様子を思い出させて高揚させられる。まるでじりじりと炎で焙《あぶ》るみたいだ。息が苦しくてどうしていいのかわからない。

「このままここでしようか。乱れる貴女の様子をいろいろな角度で見て焼き付けたい」

耳朶を噛んで夫は誘惑する。

「そうしたら貴女はとても感じやすいから、きっと今日のことを一生忘れられなくなる」

媚薬も、淫らな衣装もなくても、彼の囁きだけで体中が甘く蕩ける。彼から与えられる快楽が欲しくてたまらなくなる。

「……レイとすると、凄く気持ちいいから……すればするほど、レイのことが好きになる気がするんです……」

そっと後ろを振り向いて彼に囁くと、レイは妖艶に目を細めた。

「そうなるように、俺がずっと仕向けていたって知っていた？　貴女は考えるより体が先に動くから、きっと体が覚えたら俺のことを好きになるだろうなと思ったんだ」

他の誰かのためにという言い訳があった二人だ。けれど今夜からはお互いの愛情を確認するために触れ合いたい。

「私、自分とレイだけのために、貴方に抱かれても……いいんでしょうか」

思わず尋ねると、レイはきっぱりと答えた。

「もちろん。……そうしてくれたら嬉しい」

彼は少し照れたように笑う。

「正直、最初出会った頃は貴女を上手く手なずけられたら、我が国とアイザック殿下のお役に立つだろうと打算ばっかりだった。……でも俺が思っている以上にジェニファーはいつでも一生懸命でまっすぐで。それなのに二言目には『クローディア様のため』ばかりで。……結婚しても一番大事なのは大切な主人《クローディア様》だった」

そっと髪を撫でて鏡の中の自分と目を合わせると、彼は小さく苦笑した。

「俺が貴女にあれこれしていたのも、その奥にあった目論見も、何一つ気づいてなかっただろう？最初は自分の利益を考えて婚約したのに、気がつけば貴女の気持ちまで欲しくなって、だったら俺から離れられないように快楽漬けにしてやろうとか、快楽堕ちさせてやろうかと思って、こんなことばかり……」

突然の心境の告白にジェニファーは驚いて彼の方を振り向く。

「……快楽堕ち？」

びっくりするけれど、そう言えば最初からいろいろと色っぽい攻撃ばかり受けていたなと今更気づく。

「……やっぱりわかってなかった」

小さく笑う彼の言葉にジェニファーは頷く。そんなことをしてまで自分を手に入れようと、この人はいつから考えていたのだろうか。

「酷いことをしたと俺を恨んだり嫌ったりするか？」

彼の言葉にジェニファーは自然と首を横に振っていた。

「いいえ、いいえ！」

たとえ『快楽堕ち』狙いだったとしても、彼にいやなことを押し付けられたことは一度もない。それどころか、いつもジェニファーの気持ちまで気遣ってくれていたのだ。

「だって、いつも大切にしてくださったじゃないですか。気持ちは触れ合ったら伝わってきますよ。少なくとも気持ち良くしてあげようとか、大切に思ってくれている気持ちは……」

そうだ。契約結婚だからとジェニファーを上手く利用してやろうと考えていただけなら、きっと触れ合った時にわかったはずだ。けれど彼と触れ合う時はいつだって心の底から気持ち良かった。本当に利用してやろうと彼が思っているだけなら、勘のいい自分なら、その違和感に気づいていたと思う。

(だから彼を信じていいのかな、って不安に思いながらも、ずっと彼のことを信じていた)

ジェニファーは自分の気持ちを確認して頷く。

「……私の体はちゃんと、レイが愛してくれていることを知っていたんだと思います」

いろいろなものが腑に落ちて、そう彼に告げると、彼は愛《いと》おし気《げ》に彼女を抱きしめた。

「……そうだな、しょうもない陰謀をめぐらす俺より、ジェニファーの方がずっと賢い。本能で人の裏を見抜くし、大切なものが何かも良くわかっている」

彼はジェニファーの頬を撫で、顎を持ち上げる。後ろを振り向くみたいにキスをしていると、彼が上目遣いで鏡を見ていることに気づいた。

「本当に鏡の前で、するんですか？」

なんでそんなことがしたいのかわからなくて尋ねると、彼は小さく笑う。

「鏡があれば、いつもは見られない光景が見られるだろう？　例えば後ろから触れられている時のジェニファーの顔とか」

そう言うと彼は床に敷かれたふわふわした絨毯《じゅうたん》の上で、膝に彼女を抱きかかえるようにして座ると、首筋から胸元に手をおろしていく。

「それに、貴女もどんな風に俺に触れられているのか見たらきっとドキドキするんじゃないか。ジェニファーは快楽に弱いから」

「快楽堕ちって……もう。そういうことですか！」

彼女を黙らせるかのように、彼は喉元からゆっくりと襟をくつろがせていく。文句を言ったくせにそうされると、彼がくれる気持ち良さにいつも夢中になってしまう。リボンをほどけば脱がせられる寝巻きは、それだけで胸まで見える状態だ。ネックレスとイヤリングだけ身につけている姿は、なんだか裸よりもっと淫らに見えた。

「は、ぁあ」

「綺麗だ……」

見つめる彼は目が欲望に陰っている。そして未だに眼鏡をはずしていないことからも、自分を見たいからだとわかってしまうから、よけいにドキドキする。

（でも、私だって、大好きな人を見ながらしたい……）

大きな手が胸を覆い、繊細な指先が胸の先を撫でる。思わず気持ち良くて喘いでしまうと、彼は顔を上向けた彼女の唇にもう一度キスをした。

「ジェニファー、いつもより気持ちよさそうだ」

わざとなのだろうか、耳元で囁く声は艶めいていて、呼気が耳朶に触れるたび、お腹の中が疼くみたいになる。

「レイが……私がこんなに感じるようにしたから……」

ほんの少し恨むみたいな言い方をして、鏡の中の彼の目を睨むと、レイは嬉しそうに笑う。

「俺との快楽に堕ちてくれている？」

「……心も体も、全部レイに堕ちちゃってます」

その言葉に、彼は蕩けるように微笑む。

「ジェニファーはたまに素直すぎて、心臓を撃ち抜かれるよ」

そう言いながら、両方の胸の先を摘まむ。淡い色の乳頭は転がされるたびにコリコリと硬くなり、ひねられるとお腹の奥まで気持ち良さが響いてくる。恥ずかしいことをされて、喘ぐ自分の姿に余計に感じてしまう。

「や、ぁもうっ……レイって、ほんと、変態だと思います……」

気持ち良くて啼き声を上げながら訴えると、彼は小さく笑った。

「よがりながら睨まれると、よけいに興奮するね」

「あぁんっ、いやぁっ」

口先で文句を言いながらも、チラリと鏡に視線を向け、彼にじっと見られていることを確認すると、たまらず腰が蠢く。

「今日は感じ方が早いね。鏡のせい？」

彼に愛されているのだと何度も視界で確認できるのだ。そのことが妙にドキドキしてしまって、彼がじっと自分だけを見ているのだと思うとますます皮膚が敏感になる。

「ジェニファーの体は本当に綺麗だ」

耳元で囁きながら触れられる。

「胸も綺麗だし、脇腹もお腹の辺りも筋肉で引き締まっている。無駄な脂肪がなくて素敵だ」

女性らしい丸みのあるラインは胸の辺りと、ほっそりとした腰ぐらいしかなくて、あまり綺麗だとも思っていなかった。けれど、彼にそう言って褒めてもらえると、鍛えていた自分の体が愛おしく思えてくる。

「それに、知っている？」

彼は彼女の曲げた膝を抱えると、左右に大きく開く。下腹部を撫で上げると、ぞわぞわとした快感が背筋を抜けて行って、自然と体から脱力してしまう。彼はそれをいいことに、もっと彼女の両足を開き、鏡の前に秘されていた部分を見せつけた。

「いつも俺が可愛がっている部分だ。見て、ジェニファーのここはこんなに愛らしい。すぐにとろとろに蜜を溢れさせて、俺に気持ちいいと教えてくれる」

腰を軽く押し出され、割れ目の端の部分を持ち、クイと敏感な部分を持ち上げる。すると閉じられていた中からは蕩けるように艶やかな、ぷっくりとした愛らしい芽が顔を出す。

「貴女はここを触れられるとすごく喜ぶんだ」

そう言うと彼はわざと見えるようにして、中指でその部分を撫でたり押して潰したりする。ちらちらと見えるその部分は、ぬらぬらと光っていて、酷く淫靡に見えた。自分の体の中に、こんな淫らなものがあると知って、恥ずかしくて身を震わせる。

「意地悪……こんなの見せつけるなんて……」

恥ずかしい。でもいけないことをされている感じが、たまらないほどドキドキする。お腹の中から何度もじわじわと快楽がこみあげてきて、そのたびに鏡の中で愛液に濡れた花びらがひくひくと動く。

「俺は最高に楽しい。ジェニファーが俺に触れられてすごく感じているのがわかるし、その上喘ぐいやらしい顔もたっぷり見られる。そんな乱れるほど気持ちいいの？」

ゴクリと唾を飲む音が聞こえる。興奮しているような掠れた声で尋ねられて、こくこくと頷いていた。彼が敏感なところを指で転がすたびに、中がきゅんきゅんと締まる。蜜口から蜜が溢れ、そこを撫でられるとたっぷりの蜜が糸を引いたのまで全部目の前の鏡に映し出された。

「あぁ、こんなに溢れてきて……。そろそろ中も欲しくなってきている？」

誘うような言葉に頷くと、彼はゆっくりと中指を押し込んできた。レイの指は男性にしては綺麗だけれど、やはり女性のそれよりはごつごつとしている。それが中で器用に動いて、感じやすい部分を的確にとらえ、くいっと中から押されると、快感でたまらなくて体が跳ねる。

「あぁ、もっと……もっとしてほしいの。一本じゃ足りない」

彼が欲しい。でも意地悪な彼はきっとすぐにはくれないだろう。ドロドロに溶けて彼が欲しいと必死でおねだりするまで何度も絶頂まで追い詰めるのだ。

せめて中を複数の指で擦り上げてほしい。そうお願いしながら自ら大きく足を開き、彼の指をきゅうきゅうと締め付けるようにすると、ようやく彼は焦らしながらも指を増やし、じっくりと指を抽送する。そうされるたびに、上の敏感な襞のところを摺《す》られて、思わず啼き声をあげてしまった。

「は、あ、ああっ。そこ、好きっ……もっと、擦って」

気づけば淫らなお願いごとをしながら、もっともっと快楽が欲しくて腰がうねる。鏡の中では淫猥《いんわい》な自分が大きく下肢を開き、腰をうねらせながら、夫の指を締め付けているのだ。秘められた場所は先ほどよりますます赤く充血して膨らみ、いやらしさを増している。

「あぁ、きゅうきゅう締め付けて……指だけじゃ物足りなさそうだね」

愛おし気な囁きを耳元で落とし、肩口に唇を押し当てられると、やんわりと噛みつかれた。

「や、やぁ、ダメ、イっちゃうっ！」

かすかな刺激が引き金になって、あっという間にジェニファーは愉悦の奈落に堕ちていく。

「あ、あぁっ、んっ、んんんっ」

彼が顎を捕らえて、顔を仰向かせる。唇が降ってきて必死に唇を合わせ、舌を彼に吸われるとずっと震えが止まらなくて。

「欲しい？」

いつもより少し早く尋ねられて、こくこくと頷く。先ほどから体が震えて熱を持っている。

「お願い、挿《い》入れて」

彼の手を握りしめてお願いすると、彼は鏡の中で仕方ないな、というように笑う。

「ジェニファー、腰を上げて。ゆっくりと自分で沈めていって。前を向いて、どうやって俺のを貴女が飲み込んでいくのか、全部見ていてくれ」

意地悪く囁くほど、レイは色香を増す。だから、彼に命じられるとなんだか逆らえないのだ。

鏡の中にはとろんと蕩けた表情を浮かべている自分がいる。膝で立ち彼の屹立したものを片手で捕らえて、押し当てる。

「ひぁっ」

くちゅりと蜜とそれが絡み合って、熱が蜜口に伝わってくる。すごく熱くて硬い。

「……挿入《い》れても、いい？」

おねだりするように尋ねると、彼は耳元で甘く囁く。

「いいよ、ただしゆっくりとね。じっくりと貴女が俺を受け入れるところが見たいから」

彼の言葉にゾクゾクとしてしまう。彼は未だに眼鏡をはずしていない。ジェニファーの様子を見たいから外さないのだろう。

「わかった……ちゃんと、見ててね」

愛おしい人に見られるだけでこんなに感じてしまうとは思っていなかった。見せつけるように、自らその部分を指で押さえて開いて、ゆっくりと体を沈めていく。

「あぁ、レイが……挿入《はい》ってくるっ」

赤黒い幹がじわじわと白いジェニファーの肌に飲み込まれていく様子に息を呑む。淫猥な光景が目の前で広がっていて、おかしくなりそうだった。

「あぁ、ジェニファーが俺のを食べているな」

チラリと肩越しに上目遣いの彼が狂おし気な視線を鏡越しに向ける。ぞくんと体が弾けるようになって、彼を受け入れながら、びくびくと震え達してしまう。

「こら、まだ早い」

そう言われて後ろから前に手を回されて、きつく抱きしめられると、彼の腕の中から抜け出せない感覚がたまらなくいい。

「ジェニファーはこらえ性のない子だな」

頬にキスをされて、舌でぺろりと舐められた。まるで絡みつく植物のように抱き締められ、侵入した彼に中から蹂躙《じゅうりん》される。胸元に光るネックレスが、豪奢すぎるから余計背徳的な感覚を覚える。彼が胸を揉みしだくようにして、つながった体の深い部分で小刻みに揺らす。そうされると一番奥がせん状に掻《か》き回《まわ》されるような感覚で、自分の中のすべてが彼を求めてギュッと締め付ける。

「あぁ、ジェニファーの中は最高に気持ちいい。俺が動かなくても中で絞られるみたいだ。貴女の体は極上品だ。どうやったって、俺が堕とされる」

たまらなくなったように彼がジェニファーを鏡の前で這わせ、後ろから攻め立てる。

「あ、あぁあ、だめ、奥、きちゃうのっ」

チラリと向けた鏡の先では、彼がケモノの顔をしてジェニファーを後ろから犯している。普段の冷静な彼が決して見せないような、歯を食いしばり愉悦に耐えるような顔をしていて、その彼らしからぬ様子に興奮してしまう。

「もっと、もっとして……」

彼が堕ちてくれるなら、どこまでも乱れてしまおう。

「ジェニファー、こっちを見て」

耐え切れないように彼が耳元で囁き、それから彼女の手を掬《すく》い上《あ》げ、伏せていた状態から身を起こさせる。鏡の中では彼に愛されている自分が見つめ返す。

「……貴女を、愛している」

ジェニファーの最奥を犯しながら、彼は指先に紳士的にキスをする。鏡の彼と目が合って心も体も一瞬で快楽の奈落の底まで堕とされる。体が溶けてどこまでも彼と絡み合う。頭の中が白くなって、胸が熱い。

レイが、好きで好きで、たまらない。

「私も……私も、レイを愛しています」

そう答えた瞬間、今までよりもっと深い愉悦がこみあげて、耐えきれず涙が一粒零《こぼ》れ落《お》ちた。

契約でもなんでもなく、ただお互いを思い合う夫婦として、心の底から愛し合えることが何よりも嬉しかった。

その日の夜は、レイもジェニファーも果てても再び愛し合い、おかげで翌日は朝の鍛錬にも行けないほどどっぷりと疲れ、目覚めるとまた求められ……。

結局、二人は昼前まで裸で抱き合って眠っていたのだった。

エピローグ

神々が祝福しているかのように晴れ渡った空の下、いくつも祝砲が上がる。町では人々がゼファーラス皇太子の結婚式を祝い、各々晴れ着を身につけて祝い酒や振る舞い料理に手を伸ばしているだろう。そして美しく可憐な新しい皇太子妃の絵姿を見て、うっとりとしているに違いない。

「クローディア様、それでは祭壇に向かいましょう」

だが本物の新皇太子妃は、絵姿よりもっともっと美麗で典雅で、その上天使かなと思うほどの愛らしさまで兼ね備えている。絵姿にも描かれている豪奢で美しい結婚衣装を身につけたクローディアが、ジェニファーの声かけに椅子から立ち上がると、侍女達は一斉に熱っぽいため息を漏らした。

「……本当に、お美しいです」

「こんな素敵な皇太子妃殿下を迎えることができて、アイザック殿下は本当にお幸せだと思います」

侍女達の言葉に、クローディアは少し緊張したように微笑む。

「私は地上に舞い降りた天使じゃないかって思っていました。……さあ、クローディア様。お手をお貸しくださいませ」

筆頭侍女であるジェニファーの手を取った彼女は柔らかく微笑んで、侍女達に言葉をかけた。

「今日までありがとう。貴女達のお陰で、無事結婚式を迎えられたわ。本当にいろいろなことがあったけれど、これからも……よろしくお願いします」

「はい、もちろんです」

「お幸せになるためのお手伝いをこれからもさせていただけたら嬉しいです」

「心からおめでとうございます」

侍女達のお祝いに送られて、クローディアは一歩ずつ足を踏み出していく。ジェニファーはクローディアを神官達に預けると、一歩後ろに立つ。

「陛下、わざわざありがとうございます」

祭壇に向かうクローディアの手を取るのは、ソラテス王国国王だ。ジェニファーは国王の護衛についている父と目が合った。任務中だから当然声をかけ合ったりはしないけれど、その父が良くやった、と言うように目顔で頷く。それを見てジェニファーは小さく笑み返しながら、命がけで守った主人がアイザックの待つ祭壇前に向かうのを万感の思いで見送った。

(全部はクローディア様の結婚話から始まったんだ……)

参列者の中には、アイザックにとても近い席にレイがいて、笑顔で拍手をしている。最初は契約結婚だなんて言っていたけれど、あっさりと体と心を陥落させられて、今では契約なんて言葉を消した上で、本当の愛し合う夫婦になれた。

(今日クローディア様もお話しされていたけれど……)

結婚をきっかけに、今まで長年住んでいた国すら離れることになった。それでも夫と共に暮らし、家庭を作る国が新しい自分の生きる場所になるというのは、なんだか不思議で面白くて……。そしてそこで頑張る決意さえすれば、きっと大きな幸せを齎《もたら》してくれるものなのだろう。生まれ故郷にそのままいても、どこか別のところに旅立っても、結局そこでの生活を決めるのは、自分自身なのだから。

ジェニファー達は祭壇のそばの裏口から式場に入り、目立たぬようにクローディアを見守る。ジェニファー達が来たのに気づいて、皇太子の最側近として、めでたい日にふさわしい正装を身にまとったレイが、優しい表情を向けてジェニファーと視線を交わす。

（あぁ、やっぱり私の旦那様は今日もすごく素敵だわ……）

最初会った時から素敵だったけれど、今、夫を見るジェニファーの胸には彼への愛がはっきりとある。じんわりと温かくてとても幸せだ。クローディアもきっと優しい皇太子の妃となって、間違いなく幸せになるだろう。

長い結婚の宣誓の言葉を述べると、二人は正真正銘、初めてのキスをする。それを見て、ジェニファーは満面の笑顔を浮かべた。涙を零したいほど嬉しい気持ちで力一杯拍手をして、彼女は大切な主君の新しい門出を祝ったのだった。

その後の披露の宴では、ジェニファーはクローディアの筆頭侍女として動き回り、レイは妻のエスコートなく宴に参列している。父ジェームスはやはり国王の護衛としての参加だったので、親子としての会話ができたのは、お互い仕事から解放された宴の最後の方だった。

「お父様、護衛のお仕事は？」

「ああ、陛下が個室に入られたので、他の騎士と交代してきた。お前とも話がしたかったしな」

ジェニファーもクローディアが父王と会話をするために個室に移動したので、ナンシーに頼んでレイと共に披露の宴に参加しようとしていたところだ。自然と父と夫と三人で会話する格好になった。

「ところで、ジェニファー、今回は大変だったらしいな」

眉を顰めた顔で尋ねられて、ジェニファーは父親に向かって頭を下げた。

「心配かけてしまってごめんなさい。でも、お父様なら良くやった、と言ってくださると思っていたんですが……」

彼女の言葉に父は眉を下げて、小さくため息をつく。

「確かに良くやった、と言ってやりたいところではあるが……」

黙って話を聞いていたレイを見上げて、ジェームスはレイに頭を下げた。

「うちの娘が心配をかけて申し訳なかった。直接皇宮騎士団を指揮し現場まで駆けつけて、自ら剣を握り不逞《ふてい》の輩を切り捨て、娘を救い出してくれたと聞きました。きっと……婿殿が全力で救出に動いていなかったら、もう二度と娘の顔をこうして見られなかっただろうとも……」

父はじっと娘の顔を見ると、改めてレイの顔を見つめ、胸に手を当てて騎士の礼を取る。それは騎士団長を務めている父の、最大級の感謝を伝える仕草だ。

「お父様……」

ジェニファーは遠くの地にいた家族にどれだけ心配をかけたのか、と思い胸が痛む。レイはエスコートをしていたジェニファーの手を取ったまま、ジェームスに向かい合う。

「当然です。ジェニファーは唯一無二の、俺が愛する大切な妻ですから。それに逆恨みとはいえ、事件のきっかけの一つは俺自身の判断の甘さでもあります。ジェニファーに怖い思いをさせて、本当に申し訳ありませんでした」

レイもまたジェームスに向かって頭を下げると、父は彼の肩に大きな手を置いた。

「最初は隣国に娘を嫁に出すことに不安を感じていました。ですがどの国にいても、たとえ母国にいたって不幸な事件に巻き込まれることはあります。今回侯爵が全力で娘を助けようとしてくれたことは、我々家族の大きな安心となりました。これからも娘をよろしくお願いします」

そう言うと父が伸ばした手にレイががっしりと手を重ね、ぎゅっと握手する。

「……って。痛い！」

思わず一瞬悲鳴のような声を上げたレイを見て、ジェームスはにやりと悪そうな笑みを浮かべる。

「お父様！」

ジェニファーが声を上げると、彼はからからと笑う。

「いや大切にしてもらっているとはいえ、やっぱり娘を奪われた悔しさは少しぐらい残っているからな」

「まったくお父様ったら……」

そう言った途端、急に胃の中から胃液がこみあげてきて気持ち悪くなる。咄嗟に口に手を当てて吐き気を耐えていると、レイが焦ったようにジェニファーの手を握る。

「どうかしたのか?」

彼は手を引いてジェニファーに椅子に座るように言う。

「いえ、朝からあんまり食べてなくて。そのせいか胃液が……」

ハッと気づいたらしいレイが、ジェームスに娘を任せて軽食を取りに行く。

「……いい男だな」

彼の背を見ながら父がポツリと呟く。ジェニファーは胃に負担の少なさそうなものばかり集めようとしている夫を見つめ、自然と優しい笑みが浮かんだ。

「はい、私、彼と結婚できて本当に幸せです」

「……ところで、最近、胃の調子が悪いのか?」

父親は戻ってこようとするレイを見つつ、尋ねる。

「このところ忙しかったからか、特に空腹になると吐き気があって。食べると楽になるのでつい食べ過ぎています」

そう答えると、父がジェニファーの顔をじっと見る。何か言いたそうな顔をして、それからレイが戻ってこようとしているのに気づき、口をつぐんだ。

「ジェニファー、消化によさそうなものを取ってきた。ゆっくりと食べたらいい」

甲斐甲斐《かいがい》しく世話をするレイに、父は優しい顔をして肩を竦めた。

「ところで、ジェニファー、最近月の物はどうだ？」

突然聞かれた女性の繊細な問題を問う言葉に、ジェニファーは食べていた物を喉に詰まらせそうになる。

「つ、月の物ですか？」

父がするとは思えない質問に慌てて水を求めると、レイがグラスを渡してくれた。一気に水を飲んでから、ジェニファーははぁっと息をつく。

「何ですか、お父様」

そう言うとジェームスはちらりと視線を上の方に向けながら、首をかしげる。

「いや、お前の母親は毎回そうだからな。妊娠した時は、空腹になると気持ち悪くなるって……」

「……え？」

その言葉にジェニファーは自分の月の物が既に半月ほど遅れていることに気づく。

「……あの、忙しくて気づかなかったんですが」

おそるおそるレイの顔を見上げると、彼は期待半分、不安半分といった様子で彼女と視線を合わせた。

「たしかに……遅れています。もしかしたら私、妊娠しているかもしれません」

その言葉に、レイは眼鏡の奥の目を、びっくりするほど丸くする。ジェームスはにやりと笑って彼の背中を思いっきり叩いた。バシンという音がして、周りの人がハッと振り向く。

「確かにおかしいって思ってたんです。おなかがすくとびっくりするくらい気持ち悪くなるのに、食べると落ち着くんです。あまり酸っぱいものが好きでないのに、すごく美味しく感じたり……」

そう言って、ジェニファーはレイの手を握りしめる。

「あの、お医者さんに診てもらうよう、手配してもらってもいいでしょうか」

彼女の言葉にレイはぎゅっとジェニファーの手を握ったまま、言葉もなくただひたすら首を縦に振っていたのだった。


翌日侯爵邸に呼ばれた医師は、ジェニファーの診察を行った。

「おめでとうございます。侯爵夫人は現在妊娠していらっしゃいますね。最近胃の調子が悪くて、空腹だと気持ち悪くなっていたというのは、間違いなくつわりの症状でしょう」

医師がそう診断結果を告げると、父は喜びのあまり万歳をしている。

「ジェニファー、良くやったぞ。でかした！」

純粋に喜んでいる父に対して、夫であるレイは茫然自失《ぼうぜんじしつ》としている。正直ジェニファー自身も望んではいたが、発覚した妊娠が突然のことすぎて、頭がついてきていない。

（私のお腹の中に、レイと私の赤ちゃんがいるの？）

なんだかまだ実感がない。そっとおなかに手を置いて彼らに尋ねた。

「レイ、私、クローディア様のお産みになるお子様の、乳母になることができるでしょうか？」

実感がなさ過ぎて、最初に思いついたセリフがそれだった。ジェニファーの言葉に父は彼女の肩を叩き、じっと目を見た。

「そりゃなれるかもしれないが、それよりも何よりも大事なことがある」

父は真剣な顔をして、言葉を続けた。

「つまり、俺の初孫が生まれるかもしれないってことだ」

「え、まあ、お父様的にはそうかもしれませんが……今はお父様に聞いていません」

父の自己中心的過ぎる発言をさらっと受け流す。でもおかげで妙に力が抜けた。レイはそんなどこかずれている親子の様子を見ながらも、ゆっくりとその事実を頭にしみこませたらしい。

聡明な頭ですべてを理解すると、ようやく笑顔を取り戻して頷いた。

「……もちろん貴女がクローディア様の乳母を目指すのもいいが……。今、何よりも大事なことは、俺との子どもを、貴女が授かったというその事実だ！」

最初の頃は、皇太子夫妻の子の乳母を目指すために子作りを、と言っていたくせに、そんなことはすっかり忘れてしまったようだ。レイは彼女の手を握り感謝を伝えるように自らの額に押し付ける。

「ジェニファーありがとう。貴女があの日、俺を見つけてくれて。俺に結婚を申し込んでくれて……。貴女のお陰で俺は人を愛することを知って、そして愛する人との間に子供まで授かれるなんて」

目を潤ませている夫に気づき、ジェームスは何も言わず、静かに部屋を出ていく。一瞬視線を送ったジェニファーに、唇の形で『よかったな』とだけ告げて……。

「しかしこの子はあの日も、貴女の中にいたんだな。母親は大立ち回りをするわ、攫われるわで、生まれる前から波乱万丈な人生を送りそうで若干心配だが……」

感動していたのが少しだけ恥ずかしくなったらしい。レイは照れ隠しのようなセリフを言うと、ジェニファーの頬と、それからお腹に手を置いて柔らかく微笑んだ。

「これから、俺が貴女達二人を絶対に守る。この手に剣を持つこともあるかもしれないし、必要があれば敵を陰謀に陥れることにも躊躇はしない……」

そう言うと彼はニヤリといつもみたいに皮肉っぽい笑みを浮かべようとして失敗して、嬉しさのあまり泣いているような表情になった。

「ジェニファー、ありがとう。俺は貴女を心の底から愛している」

感無量といった声が震え、夫がそっと唇を寄せて来る。

最愛の夫の腕に包まれて優しいキスを受けながら、彼女自身も世界中の誰よりも心の底から夫を愛していると確信する。

そしてじきに夫と同じくらい愛するであろう我が子に出会えることを、ジェニファーは心から幸せだとそう考えていたのだった。

あとがき

こんにちは、当麻咲来です。この度は『契約結婚のはずが侯爵様との閨が官能的すぎて困ります』をお読みいただきましてありがとうございます。

今回のお話で、ヒロイン・ジェニファーは大好きなご主人様とともに隣国に行くための手段として、手っ取り早く契約結婚という手段をとります。単純でパワフルで猪突猛進な、ご主人様ラブなヒロインと、そんなヒロインに振り回されつつ、気づくと彼女の男前でさっぱりした気性に、どっぷり嵌まってしまう、ちょっと腹黒有能ヒーローという組み合わせ。しかもヒーローはメガネキャラということで、個人的に大好きな組み合わせの二人が主人公で、書いていてとても楽しかったです。

そしてもう一つ。ジェニファーは忠義の厚い騎士団長を父に持ち、本当は騎士になりたかったと常々言っており、その言葉の通り、国の体制で叙勲を受けることができなくても、心の中は騎士のつもりで、常に訓練を欠かさない戦えるヒロインです。

一般的なヒーローに守られるヒロインではなく、大切な主人のために、自ら剣を振るうことをためらわないキャラで、後半パートは大立ち回りもあり、そういった気性のヒロインを書けてとてもワクワクしました。きちんとカッコいいヒロインとして描けているといいなあ、と思っています。（そし

てご主人様のクローディアも、ジェニファーがそこまで慕って当然、と思える魅力的なキャラクターになっているといいなあ）

一方ヒーロー・レイは、最初は結婚相手として条件があった、というだけの理由で即座にジェニファーとの結婚を受け入れますが、どうやらあまり女性に慣れておらず、迷走した挙げ句、妻相手に『快楽堕ちにしてしまえばいい』などと明後日な方向に企む、ちょっと残念なところのあるヒーローです。

基本的に作者は、ヒロインが好きすぎて色々と残念な行動を取ってしまうヒーローが大好物なので、この辺りも「有能なくせに変なところ不器用だよね」とニマニマしつつお読みいただけたら、最高に有り難いです。

さて今回の表紙と挿絵は、イラストレーターの鈴ノ助様に担当していただきました。

ジェニファーはキリッとした美人に、レイは『蒼氷侯爵』に相応しく、有能でちょっぴり腹黒さが透けて見える印象で書いていただけて、イメージ通りでぴったりだわ、と感動してしまいました。とても素敵なイラストをありがとうございます。

そして担当編集者様には、今回も色々力添えをいただきました。プロローグが『肉食獣よろしく、隣国の貴族を結婚相手として物色する』という、おおよそTLヒロインらしからぬ内容になったのも、編集者様のお陰です（笑）。

一冊の本がこの世に誕生するには、さまざまな皆様のお力を得て、ようやく出版できるのだと毎回、思います。今回もこの作品を世に出すために、この本の制作に携わってくださった皆様には感謝してもしきれません。

そして最後に。

この作品を完成してくださるのは、お手にとって読んでくださった皆様です。

明るくてめげないジェニファーと共に、怒ったり、笑ったり、夫からの『快楽堕ち』のお誘いにドキドキしながら、ひとときを楽しんでいただけたら、これ以上の喜びはありません。

ご感想などがあれば是非お気軽にX（旧：Ｔｗｉｔｔｅｒ）や、編集部様までおたよりいただけたら、今後の励みになります。

近いうちにまた皆様にお会いできることを願っています。今回は、拙作をお読みいただきありがとうございました。

当麻　咲来

ガブリエラブックス好評発売中

gabriella books

モブ令嬢なのに王弟に熱愛されています!?

殿下、恋の矢印見えています

ちろりん イラスト：霧夢ラテ／ 四六判

ISBN:978-4-8155-4347-1

「俺がお前以外の人間を選ぶとでも思うのか」

乙女ゲームのモブに転生した伯爵令嬢オリヴィアは、相関図が見える能力があり他人の恋愛を成就させてきたが、その事から美貌の王弟アシェルに怪しまれていた。しかし、彼の危機を助けるとステータスは『惚れた』に変化し彼はオリヴィアを愛するようになる。「絶対に幸せにしてやる」やがて二人は結婚する事に。幸せなある日、隣国に招かれて向かうとそこにはアシェルを狙う続編ヒロインの姿が!?

ガブリエラブックスをお買い上げいただきありがとうございます。
当麻咲来先生・鈴ノ助先生へのファンレターはこちらへお送りください。

〒110-0016　東京都台東区台東4-27-5（株）メディアソフト
ガブリエラブックス編集部気付　当麻咲来先生／鈴ノ助先生　宛

MGB-125

契約結婚のはずが侯爵様との閨が官能的すぎて困ります

2024年11月15日　第1刷発行

著　者　当麻咲来《とうまさくる》

装　画　鈴ノ助《すずのすけ》

発行人　沢城了

発　行　株式会社メディアソフト
〒110-0016
東京都台東区台東4-27-5
TEL：03-5688-7559　FAX：03-5688-3512
https://www.media-soft.biz/

発　売　株式会社三交社
〒110-0015
東京都台東区東上野1-7-15
ヒューリック東上野一丁目ビル３階
TEL：03-5826-4424　FAX：03-5826-4425
https://www.sanko-sha.com/

印　刷　中央精版印刷株式会社

フォーマットデザイン　小石川ふに（deconeco）

装　丁　齋藤陽子（CoCo. Design）

ISBN 978-4-8155-4351-8